教皇庁の使者

祈りの島

幻想小説《フイクシオン》

服部独美

NUNTIUS SANCTAE SEDIS : CONTINUATIO

INSULA PRECATIONIS

国書刊行会

目次＊祈りの島

カバー画＝『ニコラ・ロランの聖母（部分）』ファン・エイク

祈りの島

教皇庁の使者

――幻想小説《フイクシオン》――

風はわが総身を白き帆となしていざなひてゆくはじめての島

相澤啓三

序——〈シルバリン〉の手記

わたくしは『世界が見渡せる丘』にいる。そこに行くのは比較的容易なので、気詰まりを感じたりちょっとした考え事をしたくなったとき、天気が許せば行くことにしている。

しばらく以前《まえ》、学生だったころのある早春、一冊の書物を携えて丘の頂上から少し降《くだ》った草原に寝転び、気持ちの良い読書をしたことは今でもわたくしの記憶に残っている。春の訪れを身体中で感じたことと相まって、心と身体との両方がこんなに解放されたことはなかったと思う。

しかし学生時代はともかく、大人《おとな》になるとそのような場所で寛《くつろ》ぐ時間が見出し難くなってしまった。しばしばこの『楽園』を思い出すことはあっても足を運ぶことはなくなった。わたくしは大人になり、大人のすべきことをした。だが、そこには喜びも安らぎも見出せなかった。具体的には父の仕事を受け継ぎ、父の日常を学んだのだ。

嫌々ながら見よう見まねで、父のやり方を模倣する生活が続いた。だいぶ慣れてきて父の代わりがなんとか務まるだろうと思われたころ、突然父は亡くなった。父を愛していた母も、父の霊魂に魅入られたかのように同じ天国への道を辿《たど》り、わたくしひとりが残されてしまった。

世の中にたったひとりで残され、今後の人生を考える上での不安があったが、もともと父の仕事に興味のなかったわたくしは、それらを全て同業者に売ることを思いついた。父の仕事場は小さな事務所だが、今はなかなか使われなくなった古い良い材料で、壁や床だけでなく机や椅子、棚などが見事な細工も加えられ統一した意匠で作られていた。少々惜しかったが、それも一緒に手放すことにした。

それらの立派な家具よりも、父が所有していたわたくしには面倒としか思われない権利が相手方に喜ばれたことは意外だった。以前はそのような職業の人間は少なく、組合《ギルド》が管理していたが、今となってはなかなか手にできない特権になっていた。全体でどのくらいの財産になるかなど、予想していなかったが、提示された額はわたくしひとりが暮らして行くには十分だと思われた。

身軽になったわたくしはまず旅をしながら暮らし、もし住みたいと思うような場所があったら、そこに飽きるまで住んでみようと考えた。

美しい町、便利な町、静かな町、様々な町や村を訪ねたが、言葉の問題や食事の問題、そこに暮らす人々の気質など、長い間住んでみようと思う場所はなかなか発見できなかった。

しかし、いつの日か理想の町が世界のどこかで、わたくしを待っているという思いは捨てられなかった。

今、ここ『世界が見渡せる丘』から見えるものは、遠くには紺色と水色とが交わり合う海とその先にある小さな島。近くには湾を成している左右の鉤形をした陸地。その湾の内側に港町があり、人々の生活がある。それらを丘の上から見降ろしている。丘の上にはいくつかの立派な家があり、幼い頃からこの風景を眺めてきたわたくしの属する社会がある。そしてわたくしは旅に出た。目的がわからず、彷徨《さまよ》う船のような航路の定まらぬ旅を終え、休憩と物資の補給に今は故郷に戻って来たのだ。昔話にあるように、大切なものは実は身近にあったのだ、というある意味凡庸な思いに回帰するのは少々残念な気がしたが、もう世界を巡るのはやめにして、生まれ故郷の地に落ち着く潮時ではないだろうか、という思いが首をもたげてきた。今まで見てきた世界と比較して、この地は全く劣ってはいない。むしろここは世界でも珍しい神に愛された地なのだ。そう思った。

そんなわたくしの元に、ひとりの神父が訪ねてきた。

彼は父の友人で、父が亡くなったとき、真っ先に駆けつけてくれた人である。

「きみのお父さまは実に純粋な人だったよ」父の友人は白髪混じりの長い髭を掌で束ね弄びながら、わたくしにそう言った。「まるで子どものような人だったね」同意を求めているようだったが、わたくしにはそのような父の印象はなく、とても意外な指摘だった。

わたくしから見ると、父は物言いも行動もおとなしい静かな人間だった。普段は事務所にいたが、夏の間は避暑を兼ねて北の大学に行き、何かの勉強をしていたらしい。

「お父さまの書き物がたくさん残っています。大学の許可がないと持ち出せないということなので、拝見は致しましたが、とても興味深いものです。そういった物にご興味はおありですか？」

言葉があらたまって、わたくしの協力を求めていることが判った。

わたくしが行けば済むものならば、行ってもいい、と申し述べた。

そして、興味はないことはないが、まずはあなたに委《ゆだ》ね、その後わたくしにも見せてくださればそれで十分です、と付け加えた。

それで良かったのだろうか。神父は満面の笑みを浮かべ了承し、こちらは大学のある寒い国に彼と同行する羽目になったのである。

確か出発したのは、旅にふさわしい秋のはじめだったと思う。

われわれは四頭立ての少々大きめの馬車を用意した。長い旅に若くもない男たちが耐えるにはこのくらいの大きさが最低でも必要だろう。横に並んで固定された窮屈な座席ではなく、応接間と比較するのは気がひけるが、ゆとりのある車室に余裕を持たせた間隔で肘掛椅子を用意した。そして大きな机も。

わたくしは父がこんな馬車を大学に行く季節になると、用意していたことを思い出した。子どもだったわたくしはその馬車に乗りたがった。父はその欲求を他のものに上手にすり替えると、わたくしの寝ている間に出発してしまった。その頃の願望がこの年齢《とし》になって初めて実現されるという感慨もある。わたくしは父との絆を今まであまり感じなかったが、遠い雪国で父が待っている、むしろ、わたくしを呼んでいると考えると、強い関係を意識しないでもなかった（もっとも、父はこちらで亡くなったので、父の思いが残されて、と言うべきか）。

道中は父の友人の神父と当然のことながら一緒である。あまり社交的な人物ではないと察しはついていたが、こちらも同類である。しかもふたりの馭者とひとりの助手とを数えなければ、ふたりだけで旅することになる。向こうからあまり話してこないので、年下のこちらが気を使って、差し障りのないことで話を進めなければならない。それが大きな苦痛となった。

ふたりの共通の話題は父に関することである。それだけだと言っていい。

「父は色々なものを残してくれました。それには感謝していますが、母も連れて行ってしまいました。急にひとりになって……突然すぎる出来事でした」

神父は深くうなずいて、ゆっくりと喋りだした。

「こんな時に神父の使う慰めの言葉を繰り返してみても、虚しいだけでしょう。この機会を利用して、実りあるお話ができたらと思っておりました。私のことは〈神父〉とお呼びください」

「ただの〈神父〉ですか」

「そうです。ただ神父とお呼びください。あなたのことは〈あなた〉で宜しいでしょうか」

「ええ。ご随意に。固有名をお呼びになるときは〈シルバリン〉とおっしゃってください」

「シルバリン。言いやすい言葉だ。そしてオリエントの響きがある。そう言えば教皇庁の奉じている神はオリエント発祥だと、きみのお父さまは言ってましたよ」神父は相好を崩した。

「神父に向かってね。まあこんな具合でした。ふたりの関係は」

わたくしもつられて少し笑った。雰囲気が一挙に明るくなり安堵した。なんとか旅を続けられそうである。

馬車の小さな窓から見える風景は、次第に淋しくなっていった。丘を下り、家の立て込んだ町中を抜け、郊外のゆったりした家々を過ぎ、物置小屋のような殺風景な建築物群を抜けた頃から、通行人の痕跡はなくなってきた。かろうじて馬車が通り抜けられるという道は続いていたが、道の外は灌木や草原や、赤い実が生っている木々が散見できる程度であった。小川もあったが目でたどると途中で途切れ、川らしい川ではなかったようだ。

風景がつまらなくなると、〈神父〉の独り言が始まった。最初は驚いたが、すぐに慣れてしまい、これはこれで楽しいことだと思うようになった。

――信仰は物語に満ち満ちているよ。どんな宗教にも物語がある。そして厳粛な儀式は演劇だ。天国に誘われる音楽もあるし、ステンドグラスは救い主の試練をガラス絵で語っている。信仰がなかったら人間の楽しみは半減してしまうだろう。

――これから行くセプテントリオは学問の町だ。何の役にも立たない学問なんぞ愚の骨頂だと思う人もいる。あるいは学問などちょっとした知識の集積にすぎない、師匠が弟子に伝えればそれで十分ではないか、という意見もある。入学した大人数の弟子を相手にしたら通り一遍の内容しか教えられない。何かを学びたい人間は大学ではなく自分にふさわしい師匠を選んで指導を受ける方が実践的だろう、と言う人たちもいる。しかし、実は学問はその無用なところこそ重要で人間に必要なものなのだ。学ぶことを通じてそれは自然に理解できる。

――神は光であって如何なる闇もない、と信仰の書に書いてある。若いときにはよくあるお説教の一節にしか読めなかったが、今になると納得できる。私にも世界に絶望して陽の光を遠ざけて生活していたときがある。成長しさまざまなことを理解し経験も積むと、常に太陽の光の届く場所に居たいと願うようになってきた。暗闇に居たころ、今考えてみると悪神に取り憑かれていたのだ。あのままであったら、おそらく知らないうちに悪魔崇拝者になっていたことだろう。

神父の話は面白い。ただ面白いだけではなく知識と思慮に富んでいる。父はあまり友人が居なかったが、それだけに友人は選りすぐりの人物なのだろう。

わたくしも〈神父〉と心地よく話せそうな気がしたので、――人間《ひと》だけに許されていること、言葉を使うこと、文字を書くこと（今回も父の残した文字を回収しに行く訳だが）それは神から特別視されているということである。しかしわたくしには言葉の害悪が人間を狂わせているのではないかと思われてならない。――というような話を持ち出した。

神父は同感を示し、言葉は神とともにある、という考えは少々問題がある、と言った。

――もしそう言いたいのなら、それは『偽の神』を含んだ上でのことだろう。

神父の説明によれば、言葉は必ずしも同じものを指し示さない。ある言葉を発しても人によって思う物、事が異なる。例えば、『皿』と言っても国によって形の異なる物を思うだろう。あるいは皿が存在しない国、果物や樹木の皮をそのような用途で使うため、あらためて皿と言われてもわからない人も居るだろう。逆に膨大な種類の皿を所有していてひとつの言葉では表すのに不十分と感じる人もいるかもしれない。具体的な物でさえこの有り様だ。まして論理や道理など目に見えないものを表す言葉は地域によって、あるいはその人の受けた教育によって表すものが異なるし、言葉の意味に該当する考え自体が存在しない場合もあるだろう。何でもヘスペリアのさらに西にある国では、愛を表す言葉が五十以上あると聞いている。

馬車の旅は弁論の場となったが、それはそれで喜ばしいことであった。

わたくしは神父の言った、『偽の神』という言葉がとても気になった。神を偽物と断じ、今まで騙されていたと思い直すと、現在も同様な教えを説く教会に強い反発を感じることになる。

――いまだに偽の神を信じている。

――偽の神にだまされている。

それは今までの教えから離脱してしまったということだ。過去の学習が無になっただけではなく、それを含めた宗教体系に反旗を翻しているのだ。

われわれはいくつかの旅籠《はたご》で休息や食事をとり、旅を続けた。

わたくしが雪に気付いたのはある旅籠を出てしばらくしてからだった。

最初は馬車の窓に雨粒が当たる音がした、激しい降りではなく、雨粒がゆっくりと間隔をおいて落ちてくるようだった。そのうち道を見ると濡れているのに気が付いた。それは次第に濃くなっていった。空を見上げると変わらず雨は緩やかに落ちているが、手の甲に冷たい粒が触れると、皮膚の上で転がり、時を置いて溶け、水になるのだった。辺《あた》りは白く少し明るくなってきた。

まぎれもない雪は、瞬く間にすべてに降り注ぎ、周囲の風景を支配し始めた。

「やっぱり降ってきたか……」神父が溜め息混じりに言った。「今頃なら大丈夫だと思っていたが、積もらないことを願うだけだね」

夏が終わり秋が始まったばかりなのにこの雪には驚かされた。しかし神父が言うようにまずは目的地までの無事を祈るだけである。

馬車は雪のなかを静かに進んだ。雪が馬車の音を消した。川を渡り、山を登り、（その辺りから、『セプテントリオの塔』らしき昆虫の目玉が先端に刺さったような奇妙な物が見えてきた）途中で馬が座り込んで労働を拒否し、馭者がふたり掛かりでそれを宥《なだ》め、時間はかかったが無事、山を降りるともうセプテントリオの町が見えた。

大学町セプテントリオの中心は城壁に囲まれた旧市街であるが、その周囲に住民の便宜を図り、後に作られた小さな商店、市場、住宅、などが点在している。山道を下り、道が獲物を飲み込んだ蛇のように膨張《ふくらん》でいる場所が町の広場で、そこに町の名前を示す立て札が立っている。小さな広場はその先で再び萎《しぼ》んで道に戻っているが、さらに進むと新市街とも言うべき開けた場所に出た。

われわれふたりは馬車から降り、大学のある旧市街を守っている城壁の入り口に急いだが、時すでにおそく、門は鎖《とざ》されていた。

見上げると城壁の上方に塔の側面は見えるが、その他の建物は屋根がかろうじて見える程度だ。門の番人もいないし、詰め所のようなものも見当たらない。

「朝まで待つしかないだろう」神父が言った。「快適な馬車の中で過ごすか、旅籠を奮発するか」

神父はこの町に滞在した経験があるのだから、彼に判断を仰ぐのが適当だろう。

わたくしの求めに神父は、懇意の旅籠があり、そこの中庭に馬車を止め、馭者たちは旅籠に泊まってもらい、われわれは馬車で夜を過ごそう、身近に置いておきたい貴重品があるし、馬と馭者たちには十分な休息をとってもらおう、それでかまわないかね、と答えた。

神父が馭者に指示し、馬車は城壁からは少々遠い後ろに森を控えた大きな建物の方に移動した。

セプテントリオでも一番大きな旅籠らしい。

一旦正面に向かい、途中から分かれた道を進むと、森のなかに切り開かれた空き地がある。そこに馬車を止め、わたくしと神父は旅籠に入り手続きを済ませた。神父は旅籠の女将と懇意に話していた。そして、水場付近にいたわたくしを昔からの友人のように呼び寄せ女将に紹介した。父も夏の滞在時ここに宿泊していた、あるいは食事を摂っていても不思議はない。大学町にふさわしい静かな旅籠である。しかし先の会話の通りわれわれは馬車の車室に泊まった。

翌日は神父とともに大学の図書室に行き、父の書類を持ち出す許可を得た。これが目的だったから、もう神父はわたくしには用事はないはずである。

神父は大袈裟な装飾のなされた木箱を大事そうに抱え、にこやかな表情でわたくしに言った。

「お父上の書かれたものに関心はおありか」

わたくしは神父の気持を察し「後刻《あと》で結構です。先に神父さまがお目を通されその後、ご考慮くだされば幸甚に存じます。父は実のところあまりわたくしに心の内を吐露いたしませんでした。書き物によって胸の内を少しでも知ることが出来れば、と思っていますが、急ぎはいたしません」とこたえた。

「なるほど。ではそう致しましょう。お父上は世の中のものを深く観察しておられました。同じものを観ていても実は私とは別のものを観ているのではないかと疑ってしまうこともありました。世の中の仕組みを熟知していたのでしょう」

わたくしは神父に訊いてみたいことがあった。

「お話では最初、父の書き物がある、とうかがいました。今はその木箱に入っているのですね。神父さまは以前にその部分をお読みになったのですね。後でお渡しくださるとおっしゃられていますので、急ぐことはありませんが、どんな分野の書き物なのか気になっています。それだけでも先にうかがっておきたいと思うのですが」

神父は小さく何度も頷いてから口を開いた。

「私とお父上のあいだには互いを理解した真の友情がありました。私が神の僕《しもべ》に己《おのれ》の意味を見出している一方、お父上は信仰の弊害をおっしゃっておられました。自らものを考えないのは奴隷の思想である、と。私もその言葉は理解できますが、神を信じることが好きなのです。神はすべてを知り、人はそうではありません。成されてはじめて神が何を意図していたのか明らかになるのです。お父上の存在もそのようなものではないかと私は思っておりました。普通の人には無い特性を神はお父上に与えたのです。私はお父上とよく話しましたが、書き物を読んではじめて、お父上の思っていることが理解できたと申せます。一番長いものは、面白いことに（ここで神父は微笑んだ）物語仕立てになっているのですよ」

神父の話は多少回りくどく、勿体ぶっているが、わたくしはよく理解できた。そして父の書いた『物語』にいっそう興味がわいてきた。父が物語を書くとは、意外でもあり当然でもある気がした。矛盾する感想だが、正直なところだ。

突然冬になってしまった、セプテントリオ。いや、セプテントリオはいつも冬なのだろう。この土地の人々は若く、心のなかに何か表現したいものを持っている。その熱情を一気に燃え上がらせ爆発させ無駄にしてしまわないように、優しく鎮《しず》めるように雪が降る。そこで人々は思いをいったん心のなかに戻し、ゆっくりと発酵させる。

雪はセプテントリオの古い町並みを白く化粧する。あまり広くない町の中心部、城壁の内部は冷たい風も遮られ、雪の量も心持ち少なめだ。セプテントリオの名物とも言うべき塔は雪に染まってはいない。頂点にある硝子の部屋（神父も入ったことはないそうだ）、昆虫の目を思わせるような大きな透き通った球形の部屋はひっそりと町の様子を見守っているように見える。寒くさえなければ、この町で何かを勉強する機会もあっただろう。学者に成りたいという思いは意識したことすらなかったが、そんな別の人生の可能性を降りしきる雪を見ながら考えさせられた。

帰り道、神父はようやく手に入れた手稿の分別に専念していた。神父が話していた長いものは著者（父であるが）の覚書のような断片もあれば、綴じた帳面《ノートブック》に浄書されたものもあった。神父が読んだ『物語仕立て』というものがこれらしい。

神父は覚書の分類分けに専念していて、わたくしを手持無沙汰と思ったらしく、親切にもその帳面を渡してくれた。

思っていたより早く父の丸みを帯びた筆跡に接したわたくしは、神父の言う『物語仕立て』とはいかなるものかと興味を持って読み始めた。

馬車は雪の中を帰路についた。父の手稿を判読していたわたくしは、外が騒がしいことに気が付いた。この馬車と同じような、大きな馬車が向こうからやってくるのだ。

馬は六頭立てで、黒い精悍そうな大型の馬が半開きの口から荒い息を吐きながらこちらにむかってくる。近づくにつれ雪を蹴散らしながら疾走する姿はなかなかの迫力だった。神父は馭者の背中の扉を叩き、道の端に寄った方がいいではないか、いや寄るべきだ。と命じた。

わが方の馬車が突然速度を落としたので、わたくしは背中を椅子に打たれ、神父は床に転げ落ちてしまった。

神父の腕を引っ張り助け起こし自分も立ち上がると、馬車の扉が乱暴に開き髭面《ひげづら》の大男が太い杖を手に現れた。

「紳士の諸君、いや神の僕《しもべ》と学徒よ。諸君らがセプテントリオで手に入れた素敵な品をいただきに来たのだが、いささか乱暴な手口は許してくれたまえ。なにしろこれは（わたくしから父の手稿を取り上げて）極めて貴重なものであるからな。たとえてみれば、聖なる絶対の書物だ。諸君らはこの書物の重要性をわかってはいない。父の書いたものだと、親友の書いたものだと、そんな個人の愛玩に甘んじるものではない。世界を決める、世界の上に立つ重要な書き物なのだ。そしてわれらがその運用をゆだねられている。そのような訳でこれを（わたくしから取り上げた父の手記を掲げ）、それからこの書類の詰まった箱（神父の椅子の上にある箱を取り上げ）をわれらの管理の元にゆだねていただきたい」

髭面の大男はみずからを「ヴィンコ」と名乗り、馬車に乗っていた仲間を呼び寄せ、それぞれを紹介した。ヴィンコ以外は女ふたり、男ひとりの三人で、いずれも特異な容貌であった。

何とも道化芝居《コモエディア》のような忙しい展開に、平時静かな日々を送っていたわたくしも神父もただただ顔を見合わせるだけで適切であろう反応など思い浮かばなかった。

結局、セプテントリオへの小旅行は目的を達せず徒労に終わったのであるが、わたくしとしては父の友人である神父と知り合えたこと、父が見方によればとてつもない書き物を残し、それが山賊のような連中に強奪されるほど価値があるものであることに感動と言うと大袈裟であるが、ある種の感慨を抱いた。当時は強奪者の風体から、「隠された宝」のような件に関係があるのではないかと考えていたが、それは大いなる間違いであることが、後に明らかになった。

以上はわたくしの記憶にあることを、今日の雨の日に思い出して書いたのであるが、実際のことを書き残す困難さをあらためて痛感した次第である。

もし、友人とのやり取りを文章で書いたことがある人ならば、およそ人の言ったことを文章に顕す不可能性を認識するだろう。また、口頭でのやり取りを文にする不条理も知っていることと思う。おおよそのやり取りを、わかりやすく整理して、こちらで編集した会話を書くことしかできはしない。

芝居の科白《せりふ》のように、人が交互に言葉を発することがあるだろうか。

あるいは喋るときの様子や言葉の調子が、単語の意味を超えてどれだけ会話の内容に影響を与えているのか。

そのような面倒な問題を明瞭にして、文章を書くことは不可能と思われる。つまり、文章は日常の会話などを書くものではなさそうである。

それはともかく、わたくしは最初のセプテントリオ訪問についてはこれで終了としよう。もちろん、これでは事件や問題は解決されていない。

後に判明した事実や成り行きもあり、時間が経たなければ理解できない出来事もある。

そして、わたくしを含めた人々の行動も、時間の経過によって様々な様相を帯び、最初の時とはまた違った角度から見ることができるようになるだろう。しばらく休んで、その後のことを語ろう。それがいつになるかは約束できないが。

『教皇庁の使者』あらすじ

教皇ハールーンは軍隊を率いてオリエントに侵攻して来たが、何らかの事情あるいはカタマイトの巨大化したハピの思いにより、引き返すこととなった。そしてそのまま両国のあいだに特筆すべき変化は生じなかった。

『教皇庁の使者』に登場した人々も年齢を重ね、ある者は状況の変化を受け、ある者は以前から抱いていた思いをそのまま保持し、あるいはより強い思いを持つようになった。また人々の関係も少しずつ変化したのも当然のことである。

年老いたクリスは今日も港の茶館《カフェ》で時を潰し、今までの過ぎ行きを不完全に思い出している。

その師のカルタンはクリスの不在を嘆きながら、これからの身の処し方を決めかねていた。

登場人物

宝苓（ほうれい）ポレ
かつて訶論《かろん》皇帝の身代わりをつとめた高官。敵によって去勢される。それを機会に娃柳《ある》から宝苓に改名する。

クリス
『神殿学校』の生徒。出白は不明。カルタン神父により連れ出され、助祭になる教育を受けるが、後に誘拐され旅芸人の訓練を受ける。

カルタン
教皇庁出身の神父、後に教皇庁を嫌悪するようになる。セウエルス教会の主祭を務める。

鶯梅殊（おうばいじゅ）
訶論皇帝の身辺を整え政治に関与していた。それにより宝苓と知り合う。

袁桃英（えんとうえい）
鶯梅殊の妻、宝苓の愛人。

シグル
祈りの島（インスラ）の支配家の息子、支配者が行う宗教儀式が嫌で島から逃げる。

バルフ　出自不明の若者、学問を好む。才能をリチャード・タルボットに認められ、親代わりになってもらう。

フェリシテ　タルボット家に雇われている小間使い。

リチャード・タルボット　裕福なヘスペリアの住人、大学町セプテントリオでバルフと知り合いになる。

マーガレット・タルボット　リチャード・タルボットの姉。

レークス王　自称王。

ダミアン・チェンバレン　自称レークス王の従者。

ほとんど全てを見た者たち　クリスが遭遇した四人組の旅芸人集団。レークス王の命令でさまざまな事を調べ、行動をしているというが、真実は不明。また時間、時代を無視し神出鬼没の癖あり。元は動物であったとも。

ヴィンコ親方　『ほとんど全てを見た者たち』の首領。

カタマイト　セウェルスの湖に生息するホムンクルス。

林絲游（りんしゆう）　宝苓の母の姉、夫が移動と関係する青色会《カエルラ》に在籍する。

一、カルタン

『冬』もそろそろ『春』に席を譲る時期だ。自然は人間が気付きもしないうちに、もうゆっくりと準備を進めている。準備というと目的があるように聞こえるが、自然にそんなものはない。ただ己の律動《リズム》に従って正直に変化してゆくだけだ。

今年最後の雪が止んでから充分な時間が経過《た》った。雪は次の年まで降らないだろう。大気の温度や大地の温《ぬく》もりはもう過去には戻れない。いずれにしろ春になれば冬の身に沁みる寒さは忘れられてしまう。そして短い夏が生命《いのち》を謳歌し、冬の予感が始まる秋、それに続く本当の冬。こうして世界は繰り返され年月が重なって、時の堆積に記憶が追いつかず出来事の順序は入れ替わり混乱し、正しい順番で思い出すことは不可能となる。ことさら年齢《とし》を重ねた人間にはこの変化は過酷である。長い間床に就いているリュシアン神父はもう起き上がれないだろう。死が神父を少しずつ侵食してゆく。『死の練習』をしていると、リュシアン神父の状態を表現した者もいた。まだ自分は元気だ、とカルタンは神に感謝した。ただ、ひとつだけ願いを叶えてくれるのなら、――クリスの帰還を望みたい。

その証拠にカルタンは今でもクリスとの別れの場面を口惜しい気持ちで思い出す。真っ黒な巨大な馬車、身の丈を越える大きな車輪が全てを蹂躙して通り過ぎる。その土煙《つちけむり》とともにクリスは消えてしまった。この瞬間からカルタンの思いは過去に固定され、現在も未来も重要には思えなくなってしまった。

クリスが教会に居ないことはわかっていても、地下室あたりで音がすると、心の底でそんなことはないと知りながら確かめに行ったりもした。げっそりと痩せ、小さな声で喋るようになったカルタンを見て、しばらくの休養を勧める者もいた。ギゼラもそのうちのひとりだった。カルタンも言われてみて、自分も休息を望んでいることに気が付いた。

――世の中から離れて暮らしてみたい。教皇庁の保養所……、で少し休もうか。

カルタンも転地と休養で気持ちが平静になるのなら、それが望ましいと思っていた。ただ、清貧を良しとする聖職者が金持ちの集まるような高級な場所に行くのは問題だという気持ちもあった。だが、教皇庁の管轄なら良いだろう、こう見えても私は教皇庁で一時は高い位置に登ったこともあるのだ、などと普段は面《おもて》に出さない心の奥底に秘めた言葉を口にしてみたりもした。

カルタンには奇妙な自負があった。好きではないが知り尽くしている教皇庁を相手にすることは、むしろ何も知らない人間と付き合うよりは自分にとってはよほど容易な行為である。物事の表向きだけを信じ隠された奥の現実を知らない人々は、教皇庁が何か絶対の倫理に根ざした巨大な力を持っていると信じている。だが、実際の教皇は常に不安に苛まれている弱い老人であり、同様に実際の高官は自分の地位を守ることに汲々としているひとりでは何も出来ない輩《やから》ばかりだ。

湖の氷がだいぶ溶けたころ、カルタンは出発した。バルフに後を託そうとしたが、バルフはフェリシテを連れヘスペリアに行き、不在だということを思い出した。クリスを失ってここに帰ってきたとき、確かにリュシアン神父から聞いていたのだった。カルタンは自分の記憶の衰えをまた歎く羽目になった。クリスの永遠の不在をついに認め、何かあったときバルフこそが頼りだという意志を伝えることを密かに考えていたが、肝心のバルフが不在だということを失念していたのだ。

道筋はわかっていた。セウェルスから川に出て、それを下って碧江《へきこう》に面した岸辺で島に渡る舟を都合すればそこから数時間の船旅で『祈りの島《INSULA PRECATIONIS》』に到着する。

この辺りは宗教関連の施設は何もないため教皇領のなかでも警備が手薄な地域だ。もし咎められても僧侶の服装の者にかかわろうと思う下級の兵士は居ないだろう。だが島に渡る舟を自分で調達しなければならない。

一方、確実なのはさらに南下して自由都市インエルサムで島行きの船に乗ることだ。こちらの船はおそらく定期的に出帆している。最初の場所で舟を見つけられなかったら、この場所で定期船に乗ることができると思われるが、『祈りの島』はインエルサムよりもかなり北方、セウェルスから下った河口の先、岸辺から望めるくらいの位置にある。つまりインエルサムからの旅は遠回りになってしまう。さらに教皇領を出て自由都市に入る際、何らかの検問、所持品の検査などが為《な》されるかもしれない。ここでも僧侶の服装は役に立つと思われ特殊な品物を携帯するつもりもないが、結局は行ってみなければわからない。

セウェルスを出て、川に沿った道を歩きながら、このようなことを考えたが、これから先の予想できる困難にも関わらず、カルタンは自分が明るい気持ちになっていることに驚いた。薄暗い教会のなかで、考えても致し方ないことにあれこれ思い悩んでいるよりも、青空のもと風を頬に感じながら強い流れの川に沿って目では春の兆しを探しながら歩くことがどれだけ気持ちが良いか……。

クリスが消えてから、カルタンは眠られず、気が付くとよく夢を見ていた。

遠くの知らない国で上流の暮らしをしている夢である。夢のなかではカルタンは美しい女を妻として、満ち足りた者たちが望むと言われる簡素で快適な部屋を生活の場としていた。家の周囲には水が豊富にあった、つまり池の中之島に家が建っている状態であった。それは現在のカルタンにとってさほど魅力的な生活には思えなかったが、不思議なことに、いつまでもその夢が忘れられなかった。夢は現実の場所で繰り返し行われる生活の体《てい》をなしていて日を置いて次々と続き、夢のなかで生きる時間も何年にも及《およ》んだ気がした。毎夜ではなく、時々思い出したように夢の続きを見るのだった。妻からすべての物事や人物を一様に見る力を授かったこともあった。その能力を発揮すれば、ある人の前に立つとその人の過去から現在までの、さらには未来に至る、本人も忘れている限りない思いを知り、そしてその人の記憶にある人々がぼんやりとはしているが、実際に見えるようになるのだった。このように私を夢見ている者もいるのだろうか？　カルタンはそんなことも考えた。クリスが見ていてくれれば嬉しいのだが……。

夢を思い出し、さらに気持ちが明るい方に傾いていった。これから行く教皇庁の保養所はどういうところだろうか、教皇庁の幹部が行くところだから、悪いはずはあるまい。もしかしたら、新しい好《い》い出会いがあるかもしれない。こんなことも考えてカルタンは少々羞恥を感じたが、正直な気持ちであった。

――ああ、年を取ってまで、こんなことに悩まされるのだ。人間は結局はひとりで生まれ、ひとりで死んで行くのに。そんなことも心底理解できないで、よく今まで人生の教師《神父》が勤まったものだ。

クリスを失った最後の旅では、川を渡り一泊ののち船で『千の塔の町』へ入った。

今回は川は渡らない。川に並行してずっと進めば岸辺が見えるはずだ。それから島への渡り方を考えればいい。そう決めていたのだが、この前と同じように旅籠《はたご》で休みたいという誘惑が強かった。理由は判っていた。

――ゆっくりと世界を眺めるのが、現在与えられた使命だろう。もし旅籠に何か重要な啓示が現れるのなら、それを見過ごすことはできない。

カルタンは自分でも少々無理な言い訳と知ってはいたが、眼は旅籠のある対岸へ渡る舟がないかと探していた。

水が豊富な上に流れも速い川、その岸辺は草に覆われ土が見えない場所もあれば、土と石とを使って船着場の体《てい》にこしらえた場所もある。少し先のそのような船着き場の近くに、客待ちらしい小さな艀《はしけ》が揺蕩《たゆた》っているのをカルタンは見つけた。

棒のような櫂を岸に近い浅い川底に斜めに突き刺し、それに寄りかかった船頭は褐色の薄い布を頭に巻き大きく後ろで結んでいた。その立ち姿と特殊な冠物《かぶりもの》は長年にわたる風習のように身についていた。こちらを見つけると、笑顔を見せ親指で舟を示し、渡るのか？　と尋ねているようだった。カルタンは頷き、同じように笑顔を見せて艀に近づいた。

船頭も身を乗り出して、手の汚れを気にしながらも、カルタンの指先を軽く握り艀に誘導した。

「神父さま。ありがとうございます。今の季節は雪解けの時期で川の流れがとても速くなっております、お気を付けください」

カルタンはふらつきながら、艀に乗り込んだ。思ったよりも狭く、はみ出したチュニックが川面に触れ濡れてしまった。

「どちらに参りましょうか？」船頭は訊いてくる。

カルタンは、「海に出るのだが、その先に向こう岸の旅籠に寄ろうと思う」とチュニックの濡れた場所を握りながら説明した。

「お安い御用で」船頭はカルタンの後ろに席を移すと、櫂を川底に差し込んだ。

その旅籠は以前クリス、ギゼラとともに食事をとった場所である。そしてその時、ギゼラはカルタンに初めて会った場所（いや、赤子のカルタンを拾った場所）が、この近くだと、奇妙な思い出話を披露した。ギゼラと自分とはそんなに年齢が離れていたのだろうか、と思い返しながら艀を降り、見覚えのある旅籠に入った。以前はあまり注意を払わなかった薄汚れた室内に今ははっきりと嫌悪感を抱いた。なんともしれぬ肉塊と玉葱、人参のシチューのようなものとパンとを片付けると早々に旅籠を出た。以前は気が付かなかった煮物の饐《す》えた匂いも気になっていた。外に出ると戸口に船頭が待っていた。カルタンは意外に感じたが嬉しくもあった。

船頭は軽く頭を下げると「この後、海に出てインスラに行くのなら私を連れて行きなさい。お役に立ちますよ。なにせ私は島の長《おさ》ですからね。私のお客になれば何の問題もなく、かつ快適な島での生活が実現できます。これから言うことは蛇足のようなものになりますが……、お客さまが必ず聞きたがるから、あらかじめ申し添えておきますが、こんな小さな舟の船頭を島の長がなぜやっているのかと申しますと、実は私、長でありながら罪を犯して、文字通り罪滅ぼしにこんなことをしているのでございますよ。いえいえ、その罪はいささか形而上的なものですから、実際にご迷惑をお掛けするような事態には相成りません。（カルタンを眺めて）お客さまのご身分でございましたら、私の自由になる特別なお部屋にご案内致さなければなりません」と早口に述べた。

カルタンは面倒なことになったと思い、無言で軽く頷くだけにした。

船頭、つまり島の長《おさ》は口元で笑っていた。はじめは櫂に寄りかかっていたがカルタンが乗り込めるように体を除《の》けると櫂に抱きつくような形態《かたち》になった。そこにできた隙間をカルタンは通り抜け、前の席に落ち着いた。身体には触れなかった。

「神父さま」カルタンの位置が定まると船頭はカルタンの背中に声をかけた。「教皇さまをご存じでございましょ。あの方以前は――教皇におなりになる前――このようなことをなさっていたそうですよ。川の渡しですが、その話を聞いて思ったことがあります。啓示と言っては大袈裟ですが、こうして水の流れや風の起こす波を見ていると、心が暴れ出すことは無くなります。心は外のものを受け止めて……静かにそれを見ているだけ……いやそうなれたら良い、というお話ですが、教皇さまはそんな境地なんですかねえ。そんな境地になれば、私のように罪を犯すことなどあり得ないのでしょう。この機会に私も修行を積み、教皇さまの足元に座ることの許される者になってみたいと思っているのでございますよ」

それはオリエントによくある話だった。そしてオリエントの、未だ宗教とは呼べない『教え』を広める役割を果たしてきた。カルタンはそんな風に島の長の言葉を聞いていた。体系のないオリエントの教え、思い付き、日々の生活の賢い方法や物事の諦め方、人々はその年の占いに添える文言の言い回しや気の利いた警句や逆説を聞き、好奇の念を起こすのだが、しばらくすると忘れてしまう。

船頭は舟を漕ぎ出した。舟は川下に向かっていた。

カルタンはこの男の口の訊き方が気に入らなかった。地域特有の発音や言葉の流れが耳障りだし、教皇への敬《うやま》いやその素朴な吐露が不自然に感じられた。

船頭は相変わらず、素朴な信仰告白のような終わりのない話をしていた。その言葉はカルタンの背中に向けて発せられるが、カルタンの耳にすべてが到達するわけではない。一連の意味ある言葉としてではなく、聞こえるのは意味をとる事が不可能な音であり、祈りか呪文のようなものになっていった。ただ、そのなかでこの男の名が『キギス』ということが判明した。奇妙な名前だ、何か意味があるのだろうか。退屈まぎれにカルタンは自分がキギスに誘拐された少年だと想像してみた。小さな舟に乗せられて、どこか悪人の隠れ家に連れて行かれる。単純さ純真さ他人への信頼をまだ失っていない少年はキギスの邪悪な意図を知らないまま恐ろしい運命に翻弄されることをまだ知らない。いや、抽象的なある種の期待はあるのかもしれない。

カルタンが戯れで少年擬《もど》きになったのは、クリスのことがカルタンの心の奥底にあったからだ。それがいつまでも生きていて、潜在的な影響を与え、クリスになってしまったのだ。思い起こせばクリスを神殿学校で見つけ、セウェルスまで連れ帰り、さらには教会で助祭としての学習を強いた。その間、クリス自身の日々の思いについてほとんど考慮したことはなかった。神殿学校で訓練を受けていたとしても、今後の生活について何の説明もなく見知らぬ男にいきなり連れ出される少年の不安や戸惑いは如何ばかりのものだったろうか？　クリスが消え、はじめて思いやりの気持ちが生じたのは自分としては致し方ない成り行きだと思うが、それにしても自身の至らなさを身をもって指摘された気がした。

キギスの声が途絶えたので振り返って見ると、櫂に凭《もた》れたまま眼を閉じていた。

しかしそれを見たカルタンに驚きは無かった。キギスはかなりの老齢と思われるので、こういうこともあるのだろう、と思った。

そして耳を澄ますとキギスの寝息が聞こえてきた。呼吸、吐く吸う、繰り返される律動。カルタンは自分が知らず知らずのうちに、呼吸をキギスに合わせていることに気付いた。ふたりは同時に息を吸い、吐いている。

しばらくその状態が続いたが、目を閉じたままのキギスが「神父さまはお疲れでしょう」と言った。

さらにこう付け加えた。

——愛する子どもを失って探してらっしゃる。

カルタンは耳を疑った。そしてキギスを凝視したが、彼はそのままの状態で、眠っているようにしか見えなかった。しかし、物を言うときには頤《おとがい》と頬が動いたようにカルタンには見えた。

キギスは続けた。

——愛するものを求めるのは、いつでも困難なものです。たとえ稀に愛を受け入れられても、長続きはしない。神父さま、まさにあなたが経験してらっしゃる愛の苦しみこそが、愛の本質を伝えているのではありませんか。

キギスは夢の話をしているのだ、とカルタンは思った。私の夢の話を。

——神父さま、あなたの愛する人の元にお連れしましょう。この艀で行かれるのでございますよ。

カルタンはこの男の相手をするのは止めようと思った。この男の特殊な世界の、現実には存在しない、つまりこの男のなかだけに存在する、とんでもない場所に連れて行かれる気がした。このキギスの勝手な思いのなかに連れて行かれるのはたまらない。

カルタンは立ち上がって艀から降りようとした。

しかし艀の船縁にかけた両掌を頼りに身体を起こそうとしても、肘の関節から力が逃げてしまい起き上がることはできなかった。それどころか左右の膝も力が抜け、関節のままに抵抗なく曲がってしまった。さらにおぼつかない上半身が揺らいで均衡が崩れ船底に尻を付くこととなった。カルタンは為す術もなくついに上半身も力を失い艀の底に沿うように横たわってしまった。底板を通して舟の水を切る音がよく聞こえてきた。

カルタンは船に乗って林絲游《りんしゆう》の家に行く。そこには実際には行ったことがないのだが、夢のなかで暮らしていたのでよく知っている。本流から分岐した小さな川に入り、しばらく行くと林絲游の家だ。主人が不在だという召使の弁を聞いて、カルタンは（私は外出から今帰ったところだ。主人が判らないのか）と思っていた。玩具のような橋の上に林絲游が佇み、こちらに手を振っているのに。

夢なのか、そうではなく想いだけがカルタンの意識の周辺で蝶が花を試すように苛《さいな》んでいるのか。カルタンはこの『時の館』で死ぬまで夢のような生活を送るのだ、と確信していたが不安もあった。邪魔ものが自分のすぐそばまで無遠慮に近づいて来て何かをしようとしているのだ。

それは艀の奥に隠してあった壺に住んでいたと考えられる。誰かが、おそらくキギスが密かに壺の蓋を緩めておいたのだろう。こっそり這い出し、周囲を彷徨《うろつ》きカルタンの身体に興味を抱き、そのなかに入ろうとしている。

カルタンはクリスを神殿学校から連れ出した最初の日、怪しげな店で瓶に入ったカタマイトを店主がクリスに見せていたことを思い出した。

——ああいうモノを好む輩《やから》がいる。そのもの自体には何の力や能力はないのに、そうとは知らず手に入れて自分のものにすると、隠れていた不思議な力が自分にも宿《やど》ると考えてしまう輩が。

すべての生きることの困難さは自分にある、自分の思いにある。だからといって、白痴に為《な》ろうとするのは可笑《おか》しな考えではないのか。脚に痛みがあれば、その脚を切り取ってしまえば痛みはなくなるという論理なのだ。そして、それを実行して教皇になる者もいる。病膏肓に入るとはこのことだ。

しかしカタマイトが奇妙な生物として実在することは確かだ。カルタンがずっと勤めているセウェルスの教会こそが発生の地（正確にはその湖であるが）とされていて、カルタンもその姿らしきものを目に止めたことがあるが、その際は、すぐに目をそらすようにしていた。自分を築いているもの、考え方や物心ついてから培われた埋性、善悪の判断などに今さら影響を受けたくない、とカルタンは思っている。

もちろん、昔の神父たちが小さな人間と一緒に描かれている木口木版《こぐちもくはん》の意味を教わったこともあった。そしてカタマイトが宗教成立に大きな役割を果たしてきたことも知っている（聖者には必ずお付きがいるのだ）。

しかし、カタマイトの果たした役割はどのようなものだったろうか。人間の妄想を助長させ宗教という架空の体系を創りあげる力はカタマイトの存在とは関わりなく、実は人間が本来持っている能力ではないのだろうか。母の遺品が自分を守ってくれると信じるように。

カルタンは年老い、死に近づき、逃げることは不可能だと理解し、それなら死を具体的に感じ研究しようと旅に出た。もし旅の途中でクリスに会えたら嬉しいと思うばかりでなく、心の底では出会いを本気で信じていた。そしてインスラ、通称『祈りの島』に行くはずだったのが、見知らぬ年老いた船頭によって妨害され、あまつさえ身体の危険に晒されている。

つまりカルタンは身体を動かすことができなくなっていた。また、思うこと、感じることも取り留めなくなって、ひとつのことに集中できず、想いが無秩序に駆け巡っていた。

例えば、気持ちの良い暖炉の前で林絲游の顔が炎で赤く染まるのを見ていたり、クリスと教会の地下の祭具部屋で陸に上がったカタマイトが身体を乾かしている様子を隠れて観察したりしていた。それが思い出なのか、現在行なっていることなのか、わからなかった。そしてクリスが聞いたという、カタマイトの声を実際に聞きたいとも思っていた。

暖炉の熾は灰に包まれているが、その奥に真っ赤な熾火がみえる。さぞ熱いのだろうと思うと、その途端カルタンは喉元に熱を感じた。最初は暖かでむしろ快適だったのだが熱は次第に熱さを増した。熱さは瞬く間に痛みに変わり、すぐに耐えられないほどとなった。

——首筋をカタマイトの鋭い爪先が掻きむしっている。

カルタンは理解した。あるいは喉の皮膚を噛み破っているのだろうか。叫ぼうとしても声は出ず、喉から息が漏れているのを知り、もうお仕舞いだと観念した。痛みは鋭く強く経験したことの無いものだった。人間の感覚を無視したこの痛みのために、大きな声をあげたり意味もなく手足を捻じ曲げたりしたい衝動に駆られたがもう不可能だった。あまりにも異常なことなので、この痛みを感じられなくなるのにそれほど時間はかからないだろうと神にすがる気持ちで耐えていたが、祈っているうちに痛みを感じなくなった。これも神の慈悲だろうか。

このカルタンの身体に侵入しようとしているカタマイトには広いみずうみを泳ぎ回っていた記憶がある。泳いでも泳いでも端にたどり着かず、途方に暮れてしまうような……。この記憶は随分と昔のものであるが、懐かしさだけではなく、広大なみずうみに身を委ねる他では味わえない快感があった。

しかしその後、とてつもなく窮屈な場所に閉じ込められた。あまりにも突然のことに加えて、暗く手足を動かすだけで精一杯の場所の異常さにこれは永遠に続くことではないと確信しながらも大きな不安に苛まれたが、実際は短時間で慣れてしまい、窮屈な環境がむしろ自分を保護してくれていると感じるようになった。

そのうち、自分の姿が少しずつ変わりつつあることに気が付いた。両腕で身体を触ってみると、二の腕や脇、胸などの凹凸がなくなり全体に滑らかになっている。このまま変形が進むと身体は単純な球形に細い手足が生えたようなかたちになってしまいそうである。

どれほどの時間が経ったのだろうか。カタマイトは昔の（ひょっとしたら生まれ故郷の）みずうみを思い出すのが難しくなっていた。現在の暗闇に閉ざされた狭苦しく周りも見えない身動きもできない場所でうつらうつらしながら、何も考えずに身を任せていること以上に面倒なことはしたくなかった。

しかし突然その部屋ごと持ち上げられ、明るい場所に放り出された。投げ出された先には人の身体があった。その柔らかい場所を探して、たるんだ皮膚を嚙み切った。穴が開くとそこに身体を潜り込ませた。血の匂い、粘液、カタマイトは希望を得た。

二、クリス

さまざまな国を経巡った。ここ燕邑《えんゆう》が最後の地だと思っていた……。

旅のある日、はるかに望む緑の丘を背景に、鳥の群れがその丘の稜線を模倣するような大きな弧を描いたまま、北に向かって飛んで行くのを見た。

また、鬱蒼とした森を嵐が襲い、広葉樹の葉を瞬く間に黒い塊《かたまり》へと変え、子どもが描く稲妻の波形のような黄色い光が漆黒の空をつらぬいた瞬刻《とき》、そのかたちが我が身に刻印《しる》されるのではないかと危惧したこともある。

遠い水平線に帆を揚げた船が一艘だけ浮いている光景はどこで見たものだろうか。紺碧の海のなかの白い帆が目に焼き付いている。そこに至る道は突然の断崖絶壁で終わり、馬車は危うく牙《きば》のような岩が突き出た海に落ちるところだったから、ヴィンコ親方の馬車で旅まわりをしていたころだろうか。馬車が海に落ち、揺蕩《たゆた》う帆船の眠りを覚まさないまま、旅の一座《われわれ》だけがゆっくりと沈んでゆく光景を想像した。

それらの記憶に残る風景も、もはや何時何処《いつどこ》で見たものか判別できない。実在した光景か記憶が作り上げた幻かすら定かではない。あるいはそのような識別は必要ないのだろう。幻であってもその光景がまざまざと眼裏《まなうら》に浮かぶのならまさに実在したことになる。細かい詮索に意味はない、とクリスは思った。

今はカルタン師の教会に居たころや芝居馬車に乗っていたときよりも自由になっている。もう苦しいお務めや辛い旅の日々は遥か彼方に遠ざかり、たくさんの記憶のひとつになっていた。

ここ燕邑での『芝居』の翌朝、初めて宝苓《ほうれい》に声をかけられた思い出深い茶館《カフェ》。今日もそこに座り、遠くの海を眺めている。

思い起こせば、この国の要人といってもいい人物と親しくなり、過去に抱いていた考えや燕邑にたどり着くまでの来し方を記録した帳面を、請われて読むはめとなったのだった。

その帳面を取り出して改めて読んでみると、旅の過程はともかく、そこに綴られている思いは現在と変わらぬことに驚いた。まるで自分の思いは初めから定まっていて、変化を受け付けない頑なな岩のようである。しかし、かつてのクリスの心が彷徨《さまよ》っていたのは、その根本の思いに疑問が生じ、異なった人間になるのが怖く、本来の自分を守ろうとしていたせいだ。しかし今考えてみると、その必要はなかったのだ。思いは強固で放っておいても変わることはなく、より偏《かたよ》ったまま深まってゆく性質のものだったのだ。

そう、クリスは宝莕の前で朗読した。そのうち「ポレ」と呼ぶようにもなっていた。この茶館《カフェ》が多かったが、クリスの下宿先の部屋でのこともあった。

宝莕は朗読を聴きながら、たまに頷いた。

――それからどうなりました？

――そんな偶然があるものですね。

両手をこすり合わせたり、こめかみに指を当てたりして宝莕はクリスの言葉に耳を傾けていた。

クリスも帳面の文章を読みながら、より良い表現を思いつくと言葉を修正した。宝莕と一緒に文章をつくっているような錯覚に陥っただけではなく、一緒に旅をしている気分にまでなった。

宝苓はクリスより若年ではあるが、接するときはいつも年長者のような感じがした。落ち着きがあるし、カルタン神父よりも背が高く痩せていた。宝苓と親しくなると、幼い自分を育ててくれたカルタン神父を思い出さずにはいられなかった。カルタン神父との生活はある意味厳しいものであったが、長い年月が経過したためか、全てに無知な自分に愛情を持って接してくれた感謝と、実はこちらも望んでいなかったとはけっして言えない突然の別離という大きな失望を与えてしまったという気持ちもあり、複雑な感慨とともにカルタンを思い出すのだった。そして、もしカルタンとの離別がなかったなら現在もふたりでセウェルスの教会に暮らしているだろう――ふたりとも年老いて、すべてが覚束《おぼつか》なくなって、現在だけではなく未来にも屈託し――。だが幸いなことにそのように運命は進まなかった。

あらためてクリス自身の来し方を振り返ると、一方にはカルタン神父との鬱屈した鎖《とざ》された洞窟のような世界があった。そこは信じていないものを信じているふりをして過ごす虚の世界だった。しかしカルタンと親しくなるにつれ、虚の世界にもある種の明るさが存在することがわかってきた。世慣れするとはこういうことかもしれない。自分は大人の男になり、虚を無視することだけではなく、愛することとすらできるようになったのだ、と。

他方には後年の宝苓との楽しい驚きに満ちた開けた世界があったが、それは肉体的にも精神的にも痛手を受けた男が実は恵まれた環境の恩恵で、本質を変えることなく生きることを許された世界だった。宝苓は人生の余分なものを愛している。クリスも生存には不必要と思われるものを愛してきた。そしてクリスにとっては、それが皮肉にも生存の助けになったのだった。宝苓がカルタンと異なるのは、自分の思うがままに生きているということだ。それは正直な生き方だ。

さらにクリスは旅芸人の一座に拾われ、世界を廻った。目まぐるしく場所を移動し、その合間に芸を習得する生活は長きに亘り、のちにその反動のように、気に入った場所で静かに暮らす生活を渇望するようになった。ただ、身体を動かし声を出し、自分の思いとは関わりのない、親方の言う通りの台詞を喋り、親方に教わった所作を間違わないで行う。このような旅廻りの舞台馬車でやることが本当の自分の生きている世界だと思っていた。それには多分、観客の存在が大きかった。何十何百もの目がクリスを見つめ、それこそが真のクリスであり、ひとりで劇のおさらいや歌の練習をするクリスはクリスではなかった。神殿学校からカルタンに連れられ教会に移る途中、神殿学校にあった旅のカードに描かれた親子連れの旅人が自分の今の姿を予言していたのだと気づき、神の目の人知れず未来を見渡す力はおよびもつかないものだと考え、怖くもなった。

いつまでも続くと思っていた旅廻りの生活は病院船に収容されることによって終わりを告げた。

行動、そこに至るものの考え方、それらが特殊であると判定されると病院船と呼ばれる巨大な船に閉じ込められ、世の中から隔離される。病院とは、戦いや事故で不具になった人間や何らかの原因で通常の働きができなくなった人間がその処理あるいは修繕のために送られる施設だというのがクリスの理解であった。「教会は心の病院」という言葉を聞いたこともあった。そして教皇庁が神の慈悲をより広範に届けるためにと、海を移動できる大きな船の病院を建造したのはもうずっと昔のことであった。しかし、その実態はよく知られておらず、水平線にその巨大で不気味な姿が現れると、人々は関わりを避けようと目を伏せて海からなるべく遠く離れた場所に逃げ込むのが常であった。

病院船の兵士が突然現れ馬車を囲んだときには、クリスには病院船に関する知識はほとんどなかった。ただ、赤と黄色の縦縞のおそろしく派手な衣装を着た兵士たちが隊列を組んで現れ、馬車の進路を封じた。ヴィンコ親方はすぐに立ち上がり、隊長と思われる赤と黄色のボンボンが付いた帽子をかぶった男に対峙し、多少大袈裟な動作を交えて抗議していたのだが叶わず、一行は港に停泊中の病院船に連行され囚われの身となってしまった。

　クリスは「我々はずっと追《つ》けられていたのだ」と言うヴィンコ親方の別れ際の言葉を、巨大な船の狭い部屋に恐ろしく長い間閉じ込められていたとき、頻繁に思い出した。彼らは別々の場所に隔離されたので互いの消息は不明だった。

　船内にはかなり長い期間捕らえられていたが、日々のことは明瞭には思い出せなかった。時々あった事件や事件と言えないような些細なことで覚えていることがあるが、なぜ覚えているのかと訝るほど、共通点はなかった。心が変わってしまったような感覚もあった。自分はこの病院船で生まれ、ここで暮らし、それ以外の体験と思われる事柄は自分の見た夢だと考えるのが正しい。そうではなくともそれが正気を保つ方法だと思ったこともあった。

　無為の時間が積み重なりついに解放されると、自分が如何に年老いているのかを思い知らされた。鏡に映る姿を信じることができなかった。全くの別人がそこにいた。街中で見る名も無き老人のひとりだった。しかしうすうすそれが自分の実像だと認識すると、慣れなければならない、と思うようになった。変化を嫌悪するよりも現在の安寧を喜び、感謝することが重要だと思うことにした。何もない日常、日課としている波止場の方向に、まるで命じられた仕事を履行するかのように向かうのだった。こんな行為もいかほど続けられるのか、と心中で危惧しながら。

未《ひつじ》の波止場の波は今日も穏やかで、薄い水色に明るい緑色の混じった落ち着いた色合いの海水は心をも静かにさせた。以前、嵐のときクリスは海を見に来ていた（死の衝動だったかもしれない）。黒や茶の色が幾重にも重なった恐ろしい色だった。同じ場所とはとても思えなかった。幾度となく強力な天の力に痛めつけられても、それを受け容れてしまう自然は変わることを恐れない。一方生物は変化を恐れている。変化を避けようと物陰に隠れる。しかし変化は避けることはできない。変化を成熟と呼んでも、そのあとには衰えのみが待っている。

――クリスさんですか？

突然投げかけられた言葉に驚いたクリスが見上げると、神父のような黒い粗布の服を着た背の高い男がこちらを見下ろしていた。しかも、無遠慮にクリスの顔を真っすぐ見つめていた。

クリスは曖昧にうなずくと、誰だろう？　とその男の顔を眺めながら記憶を探った。しかし思い当たる人物は見つからない。

　十分クリスの顔を眺めたその男は、瞳の色を確かめたのだろう、安心したように「ああ、クリスさん。お願いがあります」と言った。「僕に付いて来てくださいますか、ぜひあなたに会いたいという人物《ひと》が居るのです。時間は取らせません」

「かまいませんが、わたくしで宜しいのですか？　もう引退した老人です。間違いではありませんか。辛うじて演奏《がっき》や唄が……短い物なら演れる程度ですよ」

「そういう問題ではありません」男が言った。「神父さまがお会いしたいとおっしゃっているのです。何か芸のようなものを披露していただこうというお願いではありません」

　それを聞いてクリスは血の気が引くのを感じた。まさかと思っていた懸念がついに現実になったのだ。以前から気になっていて、そのことを思うとても不安になってしまうので、なるべく考えないようにしてきたのだが、空想の中だけにあった恐ろしい想像が自分の知らない世界ですでに現実になっているとしたら……。クリスは思わず立ち上がって下宿の方に、海とは逆の方向に歩みを進めていた。

　見知らぬ男が先導すると思っていたのだが、少しもその様子がないので、下宿先に帰ろうと思った、というのがクリスの頭に浮かんだ言い訳だった。間違った方向なら、それはそれで見知らぬ男が何か言うだろう。

男は声をかけて来たが、クリスが逃げているとは思っていないようだ。

クリスに追いついても並ぶことなく、後ろから独り言のようにこんなことを言っていた。

――僕の生まれは小さな島なんですが、僕をいずれは島の長《おさ》にしようと思った祖父は何よりも学問が大切と考えていたようです。ところが僕は学問は好きなのですが、島の長などというものはおよそ好みませんでした。それで島を出て勉強しながら、まだまだ学ばなければいけないことがある、と言ってなかなか島には帰りませんでした。

この男の態度は一般によく見られる態度ではない。どこか常軌を逸しているようにクリスには見えた。男の話に付き合いたいとはとても思わなかった、男の名前を尋ねると、それは失礼した。自分の名はシグルという、シグルと呼んでくれ、と言った。自分の話が中断されても不快そうな様子は見せなかった。クリスは少しシグルに好意を持った。気が付くとシグルと向き合っていた。

人通りは少ないが、開いている店は多い。顔を見合わせていたシグルが急に道を横に外れたのでその先を見ると、剝製屋の店先に飾ってある鶩鳥の剝製に注目しているようで、それを魅せられたように見つめていた。

クリスはシグルのそばに駆け寄って、何を見ているのか、ときいた。

シグルはその鵞鳥の剝製を指差し、まるで秘密でも打ち明けるようにクリスに囁いた。

「鵞鳥の生命は亡くなっても、形は残る。魂が抜け肉体が崩れるのが自然なのに、これは神の摂理に反したことだ。恐ろしくも素晴らしいことだ。だが、自然はごまかせない。ほらこの嘴《くちばし》をご覧なさい。すでに端の部分が変質し脆《もろ》くなっている。同様に変色も進んでいる。鮮やかな、生きているときの艶はない。細かなひび割れも目を凝らすと見える」

「それは悲しいことですね」クリスは応じた。「しかし、形あるものは必ず害《そこな》われる。人が作ったものはどんなに精魂込めて、壊れないよう注意深く作っても、いずれは失われる運命にある」と箴言のように言った。

「ああ、まるで神父さまの物言いのようだ。神父さまの植えた苗が実を結んだようだ」そう返答したシグルは本気で感嘆していた。そして「道を急ぎましょう。神父さまに会ってください」と言った。声の調子が上がり高くなっていた。

ついにはシグルが先になって道を進んだ。クリスは下宿先から港へは頻繁に通っていたが、逆の方向には不案内だった。こちらの方面にはクリスの役に立つ店や、別の町につながる道もなく、暗く寂しい通りだと思っていた。特に日が暮れてからは、あまり近づかない方が良いだろうというのがクリスの認識だった。

道は突き当たりで左右両側に伸び、道幅が狭くなる。正面は小高い山で、夕暮れ時のはっきりしない山の輪郭やそこに植わっている木々の形や枝葉の描く影絵が、クリスの想像を刺激するような不気味な形を作ってみせる。

シグルは右に向かった。

細い道を追従し同じように右に曲がったクリスの目に突然、日出の地《オリエント》には珍しい様式の教会が映った。しかしそれは、子どもの遊びのために誂《あつら》えたような小さな教会だった。

クリスはかつて信仰の道を歩んでいたから、教会の建物に親しかった。その目には、本来は空高く聳《そび》えるはずの尖塔が近くの家の屋根の高さとさほど変わらない極めて小型の教会は、実用性も象徴性も無視され、建物自体を、さらにはその奉じる宗教をも揶揄《からか》った悪意に満ちた造作物のように思われた。

中央の扉は開いている。いち早く短い階段を登りきったシグルが、その扉の脇に立ち手招きをしている。

クリスが近づき扉の内側を覗くと、身廊とその先の祭壇が見えた。

夕暮れの太陽光が中央の扉から差し込むとはいえ、祭壇の彫刻の細部まで明瞭に見える訳ではなかったが、祭壇の前に黒い塊《かたまり》のような物体《もの》が見えた。

よく見ると、それは痩せた老人のようで大きな椅子にかけていた。そして椅子を支えるように、背もたれの後ろにシグルが立っていた。

「ほら、クリスさんがいらっしゃいましたよ」シグルはその塊に話しかけた。「夕陽が眩しくてうまく見えませんか？」

黒い塊は言葉を返した。「ああ。クリスだ。わかるぞ。しかし、あまり近づかんように。姿は見えなくとも声さえ聞こえれば十分だ。そこに控えていてくれ」

クリスは目を凝らしたが、想像していた姿は見えなかった。見るべきただひとつの黒い塊は物を言うとき、前後に動いた。

「pater《パテル》」クリスは叫んだ。「父上《パテル》。お許しください。罪深きわたくしをお許しください」クリスは跪《ひざまず》き首《こうべ》を垂れた。

父上《パテル》はこう言った。「悔い改めることは何もない。おまえを眼の前にして我が望みは満たされ、歓びにあふれている。ただ、ひとつだけ願いがある。おまえの考えを聞かせて欲しいのだ。私の不自由な身体を補う聡明なおまえの探求を請い求めるのだ。そのためにこのシグルとともに山に登って一角獣の浮き彫りを見て欲しいのだ。それが何かを示しているのか、そんな類《たぐい》の実在するものと架空のものとの混同は悪魔が吹き込んだものに過ぎないのか、それを判断して欲しい。歳をとると、不安の種が増える。そして様々な考えに悩まされ、どれが正しいのか判らなくなってしまうのだ。以前はあんなに明確に違いが見えたのに。確か、あの一角獣は以前に見たような気がするのだ。となるとクリスおまえも見ているのかもしれない」

クリスには懐かしさに身を委ねる時間はなかった。シグルが老神父の乗った車輪のついた籐椅子を押し、主祭壇から翼廊に移り控えの間《ま》に入った。クリスは一人残され心細い思いをしていたが、奥から声がかかった。「クリスさん。僕がお連れします。神父さまはこちらで休んでいただきます。山と云っても、すぐ近くですから」

シグルはひとりで翼廊に姿を現した。そしてクリスの肩を静かに抱き、ふたりで教会の外に出た。

落日が近く、太陽はその日最後の輝きを見せている。教会を出るとシグルは道を横断《わた》り、向かい側の土手に刻まれた階段を登り始めた。滑りやすい階段を難儀しながらかつクリスの身体を助けつつ登るのは大変なことだった。昼間なら周囲の景色が目の保養になったが、今は太陽の強い光が眩しく、その方角にあるものすべてが背後の強い光によって特別な物のように見えた。地形に合わせて階段を作ったらしく左右に不規則に灣曲する道をしばらく登ると、少し開けた場所に出た。ふたりはそこで一休みした。しばしののち、シグルが指さすのでその方向を見ると、広場の奥にさらに短い階段があって、その先の頂上の側面が平らにならされ一角獣の彫刻が浮き上がって見えた。

これがカルタン神父の言っていた彫刻だ、とクリスは思った。しかしクリス自身は、このようなものを見た記憶はなかった。

「あれが……」とクリスが言い、シグルは頷いた。

一角獣は威嚇するように両前脚をかがめ頭を下げ角《つの》を水平方向に向けていた。

「あの彫刻が何かを暗示しているというのなら、角の指し示す方向を問題にすべきなのでしょうか」クリスの呟きにシグルが答えた。「角の方向は祈りの島《インスラ》ですよ。我が生まれ故郷の……」

クリスは笑いたくなった。それでは〈馬鹿馬鹿しい茶番〉に自分も加わってしまうのか。しかし、あらかじめ計画された道化芝居を演じ、この男の生まれ故郷とやらに行くことでほくそ笑む誰かがいるとはとても想像できなかった。

「祈りの島とやらには何があるのですか？　誰が何を求めているのですか？」かろうじてクリスは問い糺した。

「島は聖マンゴー因縁《ゆかり》の地です。墓所があります。聖マンゴーは日没の地《オクシデント》に真の神をもたらし、後の教皇庁に聖人と認定された伝説の神父です」

その話は初耳だった。クリスは宗教の歴史にほとんど興味を持てず、セウェルスの教会にたまに訪ねてくるカルタン神父の友人たちの、歴史解釈や人事に関する異論や愚痴を嫌なものだと思い、会話が聞こえない場所に避難したものだった。

「では、そちらに行かれることになるのでしょうか……。でもあなたはその島のご出身ということなら、一角獣の彫刻が島を指している理由がわかりますか？」

クリスの問いに対してシグルはしばらくためらった後、口を開いた。

「聖マンゴーの墓所を指している。そして、それは墓所に保存されている聖マンゴーの残した文章を指していると僕は思っています。つまり、教皇庁の広めた教えとは異なった考えが本来の聖マンゴーのものであるという証拠のようなものではないかと」

「それを神父《パテル》に話しました？」

クリスの性急な問いにシグルはうなずいた。

そしてクリスは考えた。神父が一角獣の浮き彫りを見ろと言いシグルを案内に出したのはこの聖マンゴーの話をクリスに聞かせたかったのだ、と。

そういえば神父はクリスを教育しているときから教皇庁に対する不満や異論を打ち明けてい

た。神父と別れ長い年月が経ち、クリスは神父との生活を忘れかけていたが、シグルの聖マンゴーの話から神父の教皇庁に対する態度を思い出した。

もしかしたら、とクリスは思った。神父は現世での命が終わる前にオリエントから来た考えをまとめようとしているのだ。そして、それを無いものにしようとしている人々から守り、聖マンゴーの真実をいつまでも残そうと思っているのだ。

先ほどまで深紅の光で山肌を照らしていた夕日が沈み、一角獣の彫刻は見極め難くなっていた。クリスはこれからどうしようかと考えた。シグルに連れられて聖マンゴーの島に行くのか、神父《パテル》がそれを望めば断る勇気はない。

シグルはクリスに近寄り「もどりましょうか」と言い、クリスもうなずいた。

「神父さまは何をなさろうとしているのだろう、何を思っていらっしゃるのだろう」とシグルが言った。あたかもクリスなら知っている、という言い方だった。自身それに気が付いたのか、「もうこんなに暗くなって、早いものです」とほとんど意味のない言葉を連ねた。

「あなたの島は遠いのでしょうか？　神父のような体の弱った老人でも行かれるのでしょうか？」

「船に乗らねばなりません。船に乗れさえすれば、死人でも行かれます。ああ、長い間神父さまをひとりにしてしまった。急いで戻りましょう」

わずかに残った薄明かりのなか、滑りやすい山の階段をふたりは身体を寄せ合って降りていった。

クリスはシグルの体温を感じながら、この若者を山道から落とすことが可能かどうか考えた。そして滑りやすい苔の生《む》した道、背が高く痩せたシグルの重心は自分よりも高い位置にあることから不可能ではないと結論づけた。しかし、実行はできなかった。クリスの妄想はシグルを落とした後、教会に行き神父を探し出し、殺害することにも及んだ。

なぜこんな妄想が浮かぶのか、クリスにもわからなかった。神父の服を剝ぎ取ると、干涸びた痩せた肉体が顕《あらわ》になる。その醜い身体を踏みつぶし、両手を首に掛け思い切り絞めあげ、両手の指が組み合わせることができるまで力を入れる。息ができなくなった神父は喉から折れた笛のような音を出す。老人の死臭が辺りに漂った。まだ死んでもいないのに、死んだとしても死んだばかりなのに、この死臭はどうだ。クリスはこの匂いを思い出した。濡れた土に錆びたナイフを加えたような匂い、それはおぞましい覚えていたくない記憶で『病院船』とつながっているが、初めての匂いでないと知り、クリスは『正常』に還っていった。

シグルが体を支えてくれて、ふたりは教会の前の道にまで戻って来ているとクリスは認識した。

「大丈夫ですか」シグルが優しくいかにも老人をいたわる口振りで言ったので、クリスは少しの間座って休みたい、とこたえた。

「もう教会の前ですよ。中の座席で休みましょう」

クリスを教会のなかに誘《いざな》うと近い座席を勧め、シグルは翼廊の奥に入って行った。

まさか、と思ったが、説教台の周りは整っていて誰も居ず、まして死体など存在しなかった。山の上で見たのはまさに幻想であると確認できて、ひとまずクリスは安心した。気になるのは、神父とシグルの動向だが、耳を凝らすと、静かな足音や布の擦れる音、弱く低い会話の声などがした。しばらくするとシグルが現れ、「神父さまは寝床で休まれました。お疲れになったのでしょう。明日か明後日よろしければいらしていただいて今後についてお話ししたいとおっしゃっていました。それから、済んだことを気にやむ必要はない、ともおっしゃっていました」と言って、笑顔をつくった。

シグルがもっと話したそうにしていたが、クリスは今日起こったことで感情がいっぱいになり、ひとりでゆっくりと休息《やす》みたかった。シグルも内心わかっていたのだろう、素直に賛同した。

外に出ると月明かりで明瞭に廻りの物が見えた。道端の草、山の木々の葉、教会の門の彫刻。しかし、もうこの教会を訪れることはないだろう。多分、予想しなかった危険が近づいているのだ。逃げなければならない。そもそも港で人待ち顔で座っていたのが間違いだった。

ここを去りどこかで死の準備をするのが今取るべき正しい行動だ。

クリスは宝苓《ほうれい》に会って相談しようと思った。宝苓、とポレは役に立つことをたくさん知っている。でも、もうポレと呼ぶのは止めにしよう。年老いた男にはふさわしくない呼び方だ。自分の顔を水に映さないと普段は見られないようにして、神は人間に贋の自分を演じさせたいのだろう。

三、シグル

子どもの頃からシグルはこんなことを聞いて育って来た。そして、なんという野蛮な世界だと嫌悪していた。

「世界は悪魔が支配している」祖父である島長《しまおさ》がそう言うのだ。

悪魔が支配しているのなら、なぜそれと戦わない。悪魔を滅ぼしてから、はじめてこの世の創造なり整備を始めるべきではないのか、シグルは最初にそう思ったし、常にそう思ってきた。

もう少し大きくなると、シグルは理解《わか》ってきた。

〈悪魔〉はいいわけなのだ。自分たちの不手際や力のなさ、思い通りにいかないことを、悪魔の所為にしているだけなのだ。だから〈悪魔〉は自らのなかに住んでいるとも言える。それを自覚しているのなら、まだ救いはあるが、本当に悪魔が存在し不思議な力でもって人々や家畜が操られていると思っている人々も多い。野蛮な島なのだ。

祈りの島《インスラ》は聖マンゴーが初めて信仰を伝えた場所として知られている。

日出の地《オリエント》で神を知ったマンゴーはこの島にたどり着き、ここで身体と精神を回復し、森に住んでいるという諸悪の根源である〈悪魔〉を祈りの力で追い出したことによって、神と祈りとを心の底から信じることができた。自信を持ったマンゴーは島の素朴で純真な住民の協力を得て教会と教団をこしらえた。それが現在の教皇庁の始まりといわれている。


「世界は悪魔が支配している。だから思い通りになんかならないのさ。思い通りにしたかったら、悪魔の奴を出し抜かなきゃだめだ。聖マンゴーに追い出されても、いつの間にか森に戻っているような輩《やから》だからね」祖父だけでなく、シグルの父親もそんなことを言っていた。

本来は受け継ぐ事になっている島長《しまおさ》の地位を免れたので機嫌が良かった時期、よくシグルに〈独自の見解《おれいけん》〉を述べた。その後、お鉢はシグルに回って来ることになってしまったのだが、当時はそんなことになるとは想像すらしていなかった。

悪魔を出し抜いたのか？　いや、生真面目な祖父クグルが、息子でありシグルの父であるキギスの真剣さを欠いた態度を見て島長に相応しくないと判断したのだった。祖父クグルが島長であると同時に悪魔だったら——シグルの父キギスは悪魔を出し抜いて島長に成らずに済んだと言えるのかもしれない。

しかしシグルは父親《キギス》の、子供のような態度が嫌いではなかった。祖父のように真面目に対峙するにはこの世は相応しくない、と小さい頃から思っていた。父ぐらいの不真面目さでちょうどいいのではないか。

「悪魔を出し抜くってどうするの？」シグルは父のキギスに聞いてみた。

「悪魔はおまえの悪い心が大好きなのさ、悪い心があるとそれを足がかりにして悪魔が身体に入り込むのさ。悪い心が自分の中にないかどうか、よく点検するのだ。少しでも悪い心があると悪魔は嬉しくなってそれをもっと増やしたくなる」

「悪い心が増えて、身体いっぱいになったら自分が悪魔になってしまうんだね。すると悪魔がふたりになって、悪いことの競争になるね。自分が悪魔に勝ったら悪魔より悪くて強い悪魔になるんだね」

キギスは苦笑しながら言った。「わかっているくせに。そのうち教皇さまが悪魔だなんぞと言って、火あぶりになっても助けてやらんぞ」

「火あぶりでも、大抵の場合は火を付ける前に、こっそり鋭い刃物で喉を切り裂いてくれるそうだよ。時間が掛かってその間中泣き叫ばれても困るしね」

「うまくいくかなあ？　処刑人にいくばくかの賄賂を渡しておかないといけないね。どちらにしろ死んでしまうのには変わりがないが」シグルの話にキギスは付け加えた。人の言ったことを否定しないところが父の良いところだ、とシグルは思っていた。で、ちょっと笑って言った。

「聞いた話さ。あてにならないよ。悪魔も火あぶりも見たことはない」


シグルの家は神さまの意向を尋ねるという、神と人間との仲介役を代々勤めていた。

年に一度だが、その仕事をしなければならない。身体を洗って三日くらい地下室にこもり、明かりがない洞窟で過ごす。食事は係の者が運んでくる。その他の物や生理的なことは自分でやるのだが、昔から決められている賢い方法や道具があって清潔に気持ち良く過ごすことができる。三日目になると細い通路でつながっている大広間に行く。そこで神の声を聞くことになる。初めは何も聞こえないが、聞こえるまでじっとしている。すると本当に神さまの声が聞こえる。耳の奥で唸るような音がだんだん意味を成してくる。そして毎年そんなことを繰り返すが、ある年、何が悪いのかシグルは全く神さまの声が聞こえなくなってしまった。家族とも相談したが、祖父は年齢によるものだと言っていた。父はそもそも選択から外されていて、シグルは能力が数年後に無くなってしまった。残っているのは妹だった。

嫌で嫌でたまらなかった役目から解放され、シグルはとても嬉しかったが、歳をとるに従って神さまから離れてしまったようで、寂しい気持ちだけでなく後ろめたい気持ちも生じてきた。自分がお告げが聞こえなくなったのは、神さまが自分の本性を知ってしまったからではないだろうか？

シグルは仲介者として暗い洞窟に閉じこもっているとき、これから広間に出てどんな予言をしようか常に悩んでいた。そして幸いな事に普段から注意深く島の人々の生活を見ていればこれから起こりそうなことが予想できた。そしてそれを謎めいた言葉で装飾し少々考えないと理解できないように、そして考えすぎると逆の意味にも解釈できるように、修辞に工夫をこらした。

そのうち、あらかじめ考えておくのではなく昔からの方式通り大広間の真ん中に膝を付いて目を閉じ心を無にすると、どこからともなく神の声が聞こえてきた。いや聞こえるような気がした。それは地下の洞窟から大広間に至る通路に抜ける風の音かもしれないし、大広間の天井の縁《へり》に集まり、こちらを見下ろしている人々の漏らす息の集まったものかも知れない。

即興物語があらかじめ考えておいた物語よりも優れていることがシグルにはすぐに判った。それは興が乗るまでの準備が必要であるが、いったんその状態になれば集中して創ることができ、何と言っても不自然さが格段に後退し、〈それらしい〉かたちに成っているように思われた。

シグルは子どものころ、よく館の西の窓から川を眺めて過ごしていた。そこは女たちが身繕いをする小部屋の奥で、男はこの女たちの区画に入ることは許されなかったが、シグルは子どもの特権で自由に出入りができた。その窓からは川が見えそこに浮かぶ舟が見え、舟上の人が見え、その顔まで識別できた。しかし舟は不幸を運ぶ乗り物だった。波止場から小舟に乗り換えて、この島唯一の川に漕ぎ出せば行き先は〈館《やかた》〉だけだった。館の地下には人間を拘束する恐ろしい寝台や特別な器具が並び、教皇庁の命令で罪人の〈口を割らせ〉たり、〈肉体改造〉が行われるのだった。地下の部屋に入る特権を持っている女はシグルが知る限りサラムという小間使いだった。

サラムは聡明な女だった。教皇庁から来たのは随分以前《まえ》でシグルの教育係も兼ねていた。幼かったシグルの記憶にあるサラムの顔形や姿は現在と変わっていない。老いることのない女は初めから何でも知っていた。シグルに身体の器官の変化の意味を教え、神との接し方も教えた。

――坊ちゃま。わからないことがあっても、周章《あわ》ててはいけません。神さまがあなたの頭のなかに、答えを残していないとお思いですか。いいえ、ちゃんとお残しになっておられるのですよ。よおく、探してごらんなさい。隅の方に目立たないけれども、きちんと置いてあります。あなたが見つけ出すのを待っているのですよ。

館の二階には古い絵画や装飾具が展示されていて、その説明をするのもサラムだった。

——お家の伝統と格式との証拠となるものがここに集められているのはご存じですよね。聖マンゴー因縁《ゆかり》の品々、いずれ坊ちゃまがお友達やお偉いかたがたにこれらの品物の由来や意味を説明する機会《とき》が来るでしょう。

最初のうちシグルは家の祖先の優秀なること特別の地位を得ていること、それらについて知ると大いに誇りを感じていた。しかし、ある程度年齢を重ねると自分の出自を誇る振る舞いは幼稚な行為だと思うようになった。さらに神さまの仲介者、古い由緒正しい家の代表者、そんな肩書きは自分を縛るものだ。望んで成った地位ではないし、適しているとも思えない。それが成人したときのシグルの思いだった。

さらにシグルには幼年期から付き纏う不安があった。

島を横切る唯一の川、その流れに乗って〈館〉に連れて行かれる人。地下室で奇妙な器具をはじめて眼にしたのち、その用途をはじめて知った人は何を思うのだろうか。そのような恐ろしく深い絶望に自分は耐えられないだろう。シグルは〈死〉をとても怖れるようになっていた。

神託を伝えていたころは死はそれほど恐いものではなかった。単なる言葉として口にしていただけで、実際に自分にかかわる問題とは考えていなかったのだ。

心がこの島の支配者が持つべきものから、どんどんと離れて行く。〈教え〉を信じていれば死後の生をも信じられ、死を怖れることはない。実は自分は今、死を恐れている。

明らかに家の制度に離反するこれらの思いをシグルは祖父や父に隠していた。いつか学びのためにこの家を出ることがあるはずだ。そうしたらこの家との関係を断ち切って自由に生きてやろう。内に秘めた反抗心とそれに伴う恐怖がシグルの胸のなかで育っていた。

そのうちシグルは外出することを覚えた。島に充満している閉塞感から解放され、身分を隠し、たったひとりで良く知らない町を多少の不安を抱えながらも歩くことの面白さがシグルを夢中にさせた。

特に燕邑《えんゆう》はシグルにとって物珍しい品や場所が豊富で魅力的な町だった。

ある日のことである。その日もシグルは外出した。燕邑に船で渡り、まずは波止場の茶館《カフェ》で一休みし、今日の予定を考える。

燕邑に遊びに行くことは家族には言っていない。だが家族よりも気の置けない小間使いのサラムには言ってある。何か自分に急用ができた場合、それを知らせる人間が必要だ。サラムならうまい具合に処理してくれるだろう。

シグルはこうして自分が次第に堕落しているように感じた。燕邑での楽しみはあまり他人《ひと》には話せないようなものも含まれていた。これは神の誘惑で自分はそれに抵抗できなかったのだ。神は自分をお試しになり、自分はまんまとその罠に嵌まり、その結果、神によって罪人《つみびと》の烙印を押されたのだ。祖父や父にこのことが知れたら、どんなことを思うだろうか。

シグルは神から離れて暮らさねばならないだろう。

これは偶然か〈偽の神〉の導きか、燕邑で背の低い神父に声を掛けられたのだ。

神父――。本物の神父を見たのは初めてだった。シグルよりかなり身の丈は低く、肩幅が広いがっちりした身体をしている。

その神父はシグルを見つけると開口一番、「この町の教会に行きたいのだが？」と問い掛けてきた。

教会。燕邑にはひとつだけある。未《ひつじ》の町が小山にぶつかる先を道なりに曲がって、見逃しやすいのだが、山の反対側に小さな小さな教会がある。

シグルはその教会の場所を教えた。

神父は何度も礼を言い、「この服装で教会の場所を聞くのは友人の神父を訪ねる為ではありません。情けないことに、今朝その教会から出てきたのですが、帰ろうとして場所がわからなくなったのです」と付け加えた。

場所柄をわきまえて小さな声でシグルの顔を見上げて発した言葉には恥じらいと不安が感じられた。

「大丈夫ですよ」とシグルはこたえた。そしてこんな立派な見栄えのする人物がとても目立つ服を着たまま、こんなところで服装にそぐう素朴な問いを発することに微笑みたくなるような気持ちを感じた。

「すぐ近くですよ。小型模型《ミニアチユール》のような美しい教会でしょ」

神父の顔に安堵が広がった。「そうです。そうです。新しい場所の地理は年老いた者には難しい問題のひとつです。行きと帰りで見えるものが逆になってしまうことが大きな原因ではないかと思っておりますが、ありがとうございます。感謝いたします。私の人生の道しるべとなったお方」

シグルは神父の言葉遣いに驚いたが、嫌な感じは受けなかった。むしろ微笑ましく思った。

そしてシグルの以前から抱えていた問題をこの神父に相談してみよう、と決意した。

「神父さま。わたしの問題をお話ししてよろしいでしょうか？」シグルはおずおずと話しかけた。「道をお教えした代わりに、と申し上げては取引をしているようで恐縮ですが、わたし実は小さな古い島で、島民に予言を与える役職を務めておりました。わたしに特別な才能があるというわけではなく、代々続く家の受け持っている役割だったのです。自分にはそんな能力がないことは明らかですが、代々務めてきたので、慣れればできるだろうと高を括っておりましたが、わたしに合っていないことが次第に明白になって来るのです。信じていないものを続けるのは良くないことですが、それ以上にわたし自身が嫌で嫌でたまらなくなってしまったのです。第一、このいい加減なわたしが適当に考えた予言を信じてしまう島民に何とも申し訳ないと思うようになったのです」

このようにシグルは説明をした。いささか唐突な感もあるが、神父さまは信者からさまざまな悩みごとを相談されることに慣れているだろうと思ってのことだった。

神父はシグルの話を真剣に聞いていた。そして大きくうなずくと「場所ごとにいろいろな教えがあるのは理解とまでは申しませんが存じております」と言った。そしてこう続けた。「それぞれの組織があって、組織には必ず問題が生ずるものです。人の数だけもめ事はあると言えましょう。私が同じ組織に属する者でかつ力を持っているのならお役に立ちもいたしましょうが、私はご覧の通りの者ですので、あなたの島のあなたのお家の考えや問題に触れるべきではない、と思います」

それを聞いたシグルは感動したような震える声で、お礼などを述べた。

「あなたはシグルさんとおっしゃる」神父の反応である。「そして私の基《もと》にいらしても良いとおっしゃる。あなたの決意さえ固ければ、初対面の方にこんなことを言うのは随分な勇気が必要ですが、私の助祭、そう言って良いのかはわかりませんが、助祭のような者が現在私にはあいにく居ませんので、年老いた身には何かと不自由を感じることが多いのです。そのような仕事を若いあなたが望むのなら、お家のお仕事や伝統と折り合いを付けることが可能で私のような者でも助けてやろうというお気持ちがございますれば、私は大歓迎です」

シグルは神父の言葉をずっと聞いていた。そして新しい生活の誘惑に抗することはできなかった。

さらに家族とはもはや親密な関係とは言えないので小間使いのサラムに言い含めておけば、さほど問題にはならないだろう、と推論した。

「わたしにいろいろお教えください」シグルが言った。「おそらくとても偏った教えしか受けてないのです。もっと広いところで、わたしの知らない場所で信じられている教えを知りたいのです」

このようにしてシグルは神父に仕えることとなった。

四、宝苓

今度いつ逢おうかと思案した、桃英《とうえい》にである。

しばらく逢っていないから、すぐにでも逢いたい。

しかし、桃英は他人の妻である。良人は了承しているかもしれないが、こちらには気後れがある。逢えばこちらの望んでいることを桃英は知っているから、それなりのことになる。しかし、それは本来の行為ではない。身体の器官を失ったら本来の行為は不可能だ。本来の行為は快楽だけのためにあるのではない。

何時《いつ》か、まだ健全な肉体だったころ似た地位にある友人から、女の子たちを手配することを仕事にしている男に依頼して、十二人ほどの女性を踊り子や小間使いとして家に入れたから遊びに来ないか、と誘われたことがあった。

行ってみると、部屋にはそれらしい女たちが待っていた。いずれも若くそれぞれに魅力的な躯をしている。美人の集まりに見えるが一人ずつ見るとそうでもない。若い肉体の持っている活きの良さが美しさと潑剌さを生み出しているのだ。

女たちは、どう振る舞えば好いか知っていた。桃英と同じように男性に気に入られる方法を教えられていたのだろう。同じように教わっても、生徒には出来不出来も個性もある。自分なりの考えもある。「あんなことはできない」「わたしはこういうやり方でやる」もちろんこちらの好みも大きな要素になる。教えられるのは、誰もが心得なければならない基本の態度である。基本の礼儀を知った上で個性を現す、個性がより魅力的に感じられる。

数年経ってから、その友人に再会した。どんな具合か尋ねてみた。

女性は時々交代してもらっているそうである。最初は魅力的に感じても、しばらく同じことが続くとどうしても飽きてしまい、最初感じたような魅力は享受できなくなる。そしてこのことを通じて知ったことがあるとその友人はこう言うのだ。

「これはわたくしの嗜好の問題と言ってしまえば、それきりなんだが、女が意識を持っていてこちらの行為を見ているとする。まあ見ていなくとも良いが、その時彼女は何らかの思い、考えが浮かびその想いとわたくしとを結びつけるだろう。畢竟わたくしに対する想いは批判になり得るだろう。それがわたくしには邪魔なのだ。いや、邪魔というよりわたくしの行為が他者に見られていること自体が嫌なのだと気が付いた。たとえ、それが行為の相手であっても」

　友人の言は続く。

「わたくしは理想的には行為をひとりで実行したい、誰にも見られず。そこで全く意識のない女をこちらの自由にすることを思ってみた。するとどうだろう。そう思っただけで、わたくしは性的興奮を感じてしまった」

　宝苓も似たような好みを持っていたので、この発言には納得した。

　友人であるこの男は現実の相手のいる自慰を望んでいるのだ、しかも相手に認識させずに。そして、その嗜好の根本にある考えは女を人間としてではなく人形として扱いたいという願望だ。自分だけが台本を持っていて自分だけが演じる『一人芝居』、女は登場人物ではなく、むしろ小道具に近いもの。それが望みなのだ。考えてみれば、ある種の男の衝動はそれに合致している、そう宝苓は思った。

　宝苓自身も桃英を相手にそんな遊戯をやってみたいと思っていた時期があったのだが、体を痛めず穏やかだが深い眠りに誘う薬、阿芙蓉《アーピエン》の入手法がわからなかった。

　どうやらその薬は西方の温暖地、常に花の咲いているヘスペリアで手に入りそうである。暖かい淫らな土地、そんなイメージが宝苓を微笑ませた。

実は桃英が相手ではなく、友人の用意した女たちを相手にして、もう少しのところで実行しそうになったことがある。そのとき女は全く意識が無いように見えたが、友人が近くにいてこちらを見ていた。彼としては招待した友人に対して失礼があってはいけないと思って眠っている女の様子に注意していたのだろう。横たわる女の肩に腕をかけゆっくりと押しやると、小さな碗を伏せたような乳房と下腹部を覆う絹の肚兜《とう》が露わになった。女は寝返りを打つように腕や腿を蔓うつつで動かしその位置が落ち着くと静かになった。

「意識を失ってしばらくは目を覚ましません。強い刺激を与えると、起きたように見えるときもありますが、日の出までは眠り続けます。目が覚めたように見えたり動いたり何かを言ったりしても、その時の反射のようなもので、記憶には残っていないようです」

宝苓は男の説明を聞いている証拠に小刻みに頷きながら、眠っている女を見ていた。揉絹《もみぎぬ》の鞋子《ぬのぐつ》はすでに脱がされていて、纏脚布《てんきゃくふ》に包まれた足が見えている。足指が内側に彎曲している様子や盛り上がった甲の形が確認できる。

この男さえいなければ、と宝苓は思った。女を自由にできるのに——触ったり動かしたり調べたり——。

しかし、どうだろう。自由にするとはどういうことか？　子どもが与えられた玩具《おもちゃ》を口に入れたり、無理なことをして壊してしまう、自分の望む行為はそんなものの類《たぐい》かもしれない。

当時、宝苓の肉体は通常の男だった。可能であり、禁止されているわけでもないのに、監視している男の目の前では自分は何もできない。たとえ名もないような取り換え可能な人間であっても、意識のあるひとりの人間に見られていながら、それを気にしないで思うままの行為を為すことは憚《はばか》られる。その人間が女であっても、同じことだろう。この話をしてくれた友人の性愛癖と同様に「行為を誰にも見られず、ひとりで実行したい」のだ。

また宝苓は性的行為と愛とを別のものと捉えていた。愛の高まったものが性行為ではなく、ほとんど愛とか恋とかには関係のない、生理的衝動にすぎないものと思っていた。行為に至るまでの執拗な思いと、事後にたちまち消える執着。まさに一時的な衝動であり、それだけに上手に処理する必要がある。したがって性行為はそれ向きの女に任せるのが得策でもあるのだ。いわゆる深窓の令嬢のような素人《しろうと》はこういう行為には不向きであり、特別にそれを学んだ女との行為にこそ、男の間欠的な欲望にうまく応え綺麗に処理できる技術が活かされる。この考えは上流階級には深く浸透していた。

そして、宝苓は桃英について考える。彼女は宝苓にとって特別な存在である。幼なじみの桃英は成長し、美貌や性的魅力に富んだ肉体を手に入れた。さらに宝苓の好む特殊な話題にも付いて来られる教養も得て、肉体も知性も好ましい存在となった。幼なじみとはいえ、このような女性と親しい関係でいられること、彼女の夫が自分に寛容であること、これらはとても偶然の結果とは思われない望ましいことである。偶然ではなく、何か運命の必然とでも言えるような大きな力が関与していると思いたい、宝苓はふたりの関係を神秘化するこの見方を気に入っていた。

強く桃英に逢いたいと思っていたが、いつの間にか口々の過ぎゆきに紛れ具体的な行動を実践できないまま時が去った。

ふたたび桃英のことを思い出したのは、垂楊亭《すいようてい》で鶯梅殊《おうばいじゅ》と偶然に出会った所為である。垂楊亭に行けば高い確率で鶯梅殊に出くわすことを心の底で期待していたのかもしれないが……。

「久し振りだねえ。結局何も起こらなかった『終着の浜辺』以来かな。桃英も逢いたがっているよ」

鶯梅殊は例によって軽口をきいた。桃英のことに言及したのは良い兆候だ。今でも宝苓を許している、すぐにも逢えるという期待が高まる。

「教皇さまの動向はいかがでしょうか？」宝苓は訊いてみた。口に出してみると揶揄している調子が思ったよりも強いので嫌な気持ちになった。鶯梅殊も触れた終着の浜辺での教皇の行動の真意が今だにわからなかったので尋ねたまでだった。

鶯梅殊は苦笑いで応じると「さあ、もうカタマイトに食べ尽くされたのではないかな、頭の中身を。そう言えば、燕邑《えんゆう》の教会をご存じ？　あそこの司祭も同じような目にあったみたいだね。あの元旅芸人のクリスさんにも久しぶりに会ったのだが、彼もあなたに会いたいと言っていましたよ」と真剣さの感じられない態度で宝苓に言うのだが、どうも放っておけない内容だ。

燕邑の教会とは、いつしかクリスの下宿先から港とは逆の方向に行こうとして、出くわした小さな教会である。向かい側に小さな山があって、一角獣の浮き彫り細工が岩にほどこされている。あのときはひとりで滑りやすい山道（とはいえ、教会が実物の縮小型であるのと同様に、山も実物の山の縮小型なのだろう）を登り、たどり着いた頂上に近い広場でその浮き彫りを見た。印象的だったのは、頭を下げ角《つの》を前方に向けた一角獣の姿勢であった。一角獣は古来からその角《つの》によって男性生殖器の象徴とされ（犀も一角を持つ動物であるが、こちらは集団ではなくひとりで生きるという東方の宗教的教えの象徴となっている）女性と組み合わされれば（一角獣の頭部や角に触れている貴婦人の絵など）性愛の象徴となる。そして宝苓の見た一角獣の彫刻はまさに対象を見つけ、それに向かって突進しようとしている獣《けもの》の姿であった。

五、友人たち

I．クリスと宝苓

宝苓《ほうれい》がクリスとふたりだけで会ったのは、垂楊亭で鶯梅殊《おうばいじゅ》と話したのち、しばらくしてからだった。というのは、クリスはかつての宗教上の父《パテル》（カルタン神父のことだが、彼は恐ろしい変貌を遂げていた）との衝撃的な出会いを体験してから通常の生活を送ることに支障をきたしていたからだ。

クリスについても桃英についてもそれぞれの意向を訊けるのは鶯梅殊を通してなので、クリスの体調の改善を待つあいだに桃英に会うという考えもあったが、クリスに会うときも桃英に会うときも、その機会はそのことだけに専念したいと宝苓は考えていた。

そこで鶯梅殊がクリスの症状を探り、親しい宝苓との面会なら良い影響を与えるだろうと判断した。クリスの表情が和らぎ、宝苓は久しぶりにクリスと会うこととなった。そして場所はいつものクリスの下宿しか考えられなかった。ここは宝苓に乞われて手記を朗読したり、クリスの手記であるうぐいす色のノートブックの頁を宝苓に読ませたりもした思い出深い場所である。

宝苓はクリスへの心づけに、彼の使っていたノートブックと同種のものを持って行ったら喜ばれるかもしれないと思った。クリスが愛用しているあのノートブックはかなり高価なものであり、新しい物を購入するのは大きな負担になるだろう。そして残りの頁があとわずかなことも宝苓は知っているから、進呈すれば、この二冊目のノートブックは彼の最後のノートブックになるだろう。クリスが天に召されたのち（そんなに遠いことではない）、彼の死の直前に書いた文章に興味を持つのは奇特ではあるが、興味深い欲望である。自身の最期を予期したクリスは何か良いこと、面白いこと、彼にしか書きえないことを残すのではないか？　売り場にはクリスのものと異なった色味のノートブックがあった。並べて置いて美しく見えるものを購入したいと思ったので、店主に尋ねてみると色違いで水色のものがあるという。似た感じの寒色であり、並べた場合に突飛ではないが下品でもない。宝苓はその品を抱えてクリスの待つ二階に昇《あ》がった。

宝苓はクリスが寝台に入っているか、あるいは机の前に座っているか、予想してみようと思った。おそらく——律儀なクリスのことだから、ベッドにはいないだろう。ひょっとすると立って歩いてドアを開けるかもしれない。

ドアを叩くとクリスの「どうぞ」という声が聞こえた。

クリスはかつて宝苓が見たようにきちんと机の前に座っていた。そして、照れくさそうに笑っていた。

「わざわざ来ていただいて申し訳ありません」

宝苓もにこやかな表情でそれに応えたが、クリスの衰弱ぶりに少々驚いていた。年齢を重ねていることは周知の事実だが、それにしても全体に縮んでしまいぬけがらのように覇気が感じられない。

「カルタン神父にお会いになったのですね」という宝苓の問いに、クリスは細かく何度も頷いた。まるで恐れていたことをふたたび体験するのが怖くて、素早くその場所を通り過ぎてしまおうとしているように。「すっかり別人のようになってしまって……」とようやく言葉に出した。

「そこの教会でしょ」と宝苓は掌で方向を指し示して言った（方向の正確性に自信はなかった

が）。あの日、ここクリスの下宿からの帰り道、ちょっと好奇心に狩られて普段行かない方向に行ってみたのだった。

「神父さまに会って、ひとことふたこと言葉を交わした記憶があります。ほんの挨拶のようなやりとりです。あいにくわたしはカルタン師を存じ上げないのでその神父さまがカルタン師であるとは明言できませんが、たぶんそうだったのでしょう……」と宝苓は言った。それから「教会の向かいの山に登って一角獣の彫刻も確かに拝見いたしました」と付け加えた。

クリスはふたたび宝苓が話すあいだ細かく幾度となく頷いた。今度は目を閉じていた。そしてゆっくりと眼蓋と口を開いた。「幽霊のようになったカルタン師がわたくしに伝えたかったのは一角獣と聖マンゴーのことだと思われます。このことをあなたに伝えようと思っていましたが、あなたも期せずしてあの彫刻を観ておられた。神父さまにも会っておられた。大きな力が働いている証拠です。カルタン師が何を望んでおられたのか今もってはっきりいたしませんが、謎をかけられたのは事実です。謎が呪いに変わらぬよう祈っております」

宝苓はクリスの言葉から、以前自身も聖マンゴーに興味を持ち、いつか調べてみようと思っていたがそのままになってしまっていたことを思い出した。よくある伝説の類《たぐい》、どこからどこまで本当か嘘かわからない歴史に付き物の物語。今の宝苓はこんな話は聞いたときには面白いと思うが、興味は長続きしないようになった。それよりも現在興味を引くのは、例えばクリスがあんなになってまで、師匠のカルタン師に執着していることだ。

師弟の関係は学問を筆頭とする習い事には必ずある。しかし、それはその場だけの関係と言える。例えば弟子は学びの場以外の場所で師匠に接し敬意を表す態度をとったとしても、師匠の側から習っている学問以外の話をすることは極めて稀である。ところが、クリスはその師であるカルタン神父に父親に抱く以上の尊敬と愛とを捧げているように見える。そのような師弟愛を超えた愛情をクリスの話から感じるのだった。そして、それはクリスの生い立ちや神殿学校の世界しか知らなかったクリスに初めて外界を見せてくれたカルタン師の絶対的存在が関係しているのだろう、そう宝苓は結論づけた。

そして宝苓はクリスの言った「カルタン師のかけた謎」の答えがわかったような気分になった。本来は聖マンゴーについての正しい知識を持って検討を加えなければならないが、そのようなことをしなくとも自分の考えが正しいだろうという確信があった。宝苓の知っている聖マンゴーの物語とは、森に住む悪魔を聖マンゴーが祈りの力で追い出した、という大まかな筋書きだけであった。

「クリスさん」と宝苓はクリスを正面から見据えると心の中で語り始めた。

――クリスさんはもちろんご存じですよね。世の中には多くの聖人と認定された聖職者が存在します。その始まりが聖マンゴーであると。

宝荅は確かにクリスと会話したことは覚えている。だが、以下に記述したことを実際に宝荅の前で発言したかどうかは不明である。事実クリスは何かを喋ったのだが、それを宝荅は自分の心の中のクリスの言葉に直していた。

そして、前述の宝荅の問いに対するクリスの返事をこのように宝荅は解したのだった。

『それはまだ聖人と認定する組織が教皇庁にできる前の話です。なにしろマンゴーは教皇庁の創始者とされていますから。でもマンゴーがどんなことを考えて、どんな生涯を送ったかはあまりわかっていません。昔話の領域です。森の悪霊を追い出したという話と、世界の果てに原初の神を探しに行った、という話くらいは伝わっていますが……』

クリスはもっともなことを言うが、質問に正面から答えていない。ではこちらも話を広げようではないか。

――信仰というものは不思議なものです。世界のどこにでも、そこに住む人々に固有な信仰、あるいはそれに似たようなものがあります。風習、習慣、言い伝えと言ったほうが良い場合もあるでしょう。人間は自由に物事を考えると一貫性のないただの思いつきの羅列になってしまいます。しかし筋の通ったあまりにも強固な思いが政治的強者のなかに生まれると、災厄をもたらすことは歴史に学べば明白でしょう。マンゴーの話にもどれば、彼は神を探していたと言われている。神を探しに地の果てまで行き、見つけたのか見つからなかったのか、それはわからないが、ともかく旅を終えて島に住み着いた。

クリスは話に食いついてきた。

『そう、わたくしもそのあたりからのマンゴーの話は聞いております。神の存在はあきらかになったかどうかはわかりませんが、マンゴーがたどり着いた島には神ならぬ悪魔が住んでいたのです。島の中心には大きな手つかずの森があって、そこには奇妙な格好をした動物や人間を食料にしている野蛮人が幾人か集まって暮らしていたり、群れから追い出された狼が獲物を探していたり、徒党を組まない近寄りがたい個性的な人々がばらばらにそれぞれ自分のやり方で暮らしていたりしたのですよ。しかしマンゴーはこの森に住む人も動物も何か異常な力を受けているのではないか、と感じたのですね』

悪魔についてクリスはどう教わったのだろうか？　神さまの家来が地上に落ちて堕落したも

のだと思っていたが、以前宝苓の見た書物に「神は絶対の善であるから、悪は人間に由来する」と書かれていて衝撃を受けたが、考え直すと尤もなことだと納得した。

——そこでマンゴーは地の果てのある場所で知った祈りの効果を確かめることにした。森の入り口に居を構え、眠らず食せず祈りを捧げ続けた結果、森の一番奥に住んでいた悪魔のような生物（山羊の顔をした人間だと言われている）が現れ、怖ろしいほどの勢いで走り去って行った、と伝えられている。それからは森は奇妙な人間や害を及ぼしそうな動物は消え、以前のように恐ろしい場所ではなくなった、とのことである。

宝苓はこのように話を繋げた。マンゴーの世界の果てで憶えてきた呪文が森に居ついた異形の怪物を追い出した、という筋書きだ。この事件で自信を得た彼は島で出来た仲間と絆を深めることとなり、それが教皇庁の起源となった。

その結果が現在に歴然として存在する。途中で消え去っても良いはずなのに現在まで生き残り、これからも安泰でますます巨大な組織に成ろうとしている。

なぜそんなことになってしまうのか。それは人間の特性に起源を求めるべきことなのか、宝苓はすべての嫌悪の元となるもの、はっきりと説明はできないが確かに存在するそれらが、嫌悪の元を生み出している気がした。

以前はまだ嫌悪ではなく、違和感だった。知り合った人間と行動を共にし、意見を聴く機会があった。その助祭の男は直属の神父の言う通りにしているのが最良の方法だと言っていた。「何も考えないで、言う通りにするのさ」と。

宝荅はそのころはまだ、その意見に嫌悪は感じなかった。「自分の考えを無視するそんな意見もあるのだ。（自分はとてもできないが）」と薄っすらと思っただけだった。

しかしそのうち、同じようなことを言う人間に会うことが増え、自らの考えを持たない人が増えていると知り、違和感だけでなく嫌悪も感じた。

大きくなった組織は綻びも生じやすい、凝り固まっている人間ばかりではないのだ。クリスを神殿学校から連れ出したカルタン神父も、クリスの話によれば根本的には自由な考えの持ち主だ。宝荅も組織が嫌いだから今の何にも縛られない境遇を喜んでいる。自分の関与できる範囲だけでも、自分の思いに逆らわない人々で固められればそれで満足だ。

宝荅の話はこの辺りから、別の方向に移動していた。それは宝荅自身も意識していた。

しかしクリスはむしろその部分に興味を持ったようだった。

以下は随所で話されたクリスの意見をまとめたものである。

「わたくしも神だけに関心を持ち、世の中のことは関わらないように生きようと思っていたのですが、なかなかそうもいきませんでした。思い出してみれば、神殿学校に居たときの教師たちは敵でした。寄ってたかってわたくしをいじめました。そしてカルタン師に救われましたが、考えてみれば彼の属している集団はわたくしの敵と言ってもいいようなものです。そして不思議な偶然がわたくしをカルタン師から離し、ついには小さな集団に取り込みました。その後のことはまだあまりお話ししていませんが、今考えると、そこでわたくしの基本が遅まきながら作られたのではないかと思っています。集団の人数が少なかった所為だと思うのですが……」

宝苓はクリスの言葉の断片を聞きながら、カルタンの話が出たことに驚いた。多分、神殿学校から連れ出されたことに始まるカルタンの存在に強い好ましい印象を与えられ、あのあまり目にしたくない変貌を遂げた彼の姿を心の中で排除してしまったのだろう。あるいは……。

クリスは部屋の唯一の窓を通して港を見ていた。冬を過ぎた波は、穏やかになってきた気がする。嵐の冬が収まり、新たな起始《はじまり》のようである。季節のめぐりは今のところ失われてはいない。

宝苓はクリスに聞いてみたいことがあった。初めて会ったのは鶯梅殊の家の庭であった。今考えてみれば、あのときのクリスの演技は固く、手順だけはかろうじて覚えたが、まだ熟練《こなれ》てはいないようだった。

——あなたが芸を教わったというあの人たちはどういう人たちだったのでしょう？　何だか何時《いつ》まで経っても姿が変わらないように思いました。座長は最初から鬚もじゃの老人であなたが別れるときも同じような元気な老人だったのでしょ？　かなりの年月が経過している筈なのに……。

それに対してクリスは自身の青春時代を懐かしみ、その映像が行動を緩慢にしたのだろうか、ゆっくりと口を開いた。

「座長はヴィンコ、歌手のマリータとリリ、それからヴェルテです。確かに不思議な人たちでした。芸を教えてくれましたが、わたくしの飲み込みが悪く、努力はしたのですがどうにもなりません。さぞ張り合いのなかったことでしょう。変わったところがあったとしても、旅芸人は結局各地を旅して御銭《おあし》をいただくことが唯一の活計《たつき》でしょうが、どうもあの人たちは金子《きんす》には無関心でありました。お金の価値が判らないようなやり取りをしていて、最初は冗談だと思いましたがどうやら本気のようです。クリソス金貨とナクソス銅貨の違いを知らず、驚いた事もあります」クリスはつづけた。「以前少々お話ししたと記憶しておりますが、『ほとんど全てを見た者たち』という名前があの四人についていますが、その名前の意味を考えてみたのですよ。この世を創った神さま（わたくしはこういう考えに長い間の経験で支配されていますが）その命令を直接受けている、あるいはそう信じている人たちではないかと思ったのですよ。あの四人は神さまの傭兵のようだ。神さまが決めた事から物事がずれそうになったときに、正しい方向に修正する役割を与えられているのではないかと。動物を躾けるように……」

宝苓が後を引き継いだ。

——そして神とともに世界を見つづけたことで、時の経過を超越してしまったのかもしれませんね。

そんなお伽噺のような発言をさせるのは、自分が体験した林絲游《りんしゆう》の庭の所為か、と宝苓は思った。あそこでは、あそこにあるさまざまな時計を侮辱するように、時に捕らわれない生活が営まれている。あのとき林絲游は消えてしまった夫の話をした。そして時間《とき》を遡る船について も触れていた。そのことに関して宝苓は間違ったことを言ってしまった。今はこのごく近くにある小さな教会の司祭は誰であるかを知っているから、自分の発言が誤っていると判るのだが、当時は司祭とは一瞬視線を交わしただけだったのも弁解になるのだろうか。

あれは確かに不思議な体験だった。教会の向かい側にある小さな山に登ったのは神父に薦められたからだった。そして頂上から眺めた夕日があたりを広い範囲で火の色に染め、宝苓はこの世の終わりを眺めているような気持ちになった。

教会の神父は、名前をクリスから聞いていただけのその神父だった。小さなおもちゃじみた教会で話というより、挨拶を交わしただけの関係であった。そしてその神父が宝苓にこの世の終わりを見せてくれたのだ。

まるであの時、宝苓の眼《まなこ》を透して神である自然が身体に注がれたように宝苓は悟った。

クリスとは、予告夢のようにずっと以前に偶然に出会っていたことを考えると不思議な因縁《つながり》と言えるだろう。宝苓とクリスとの身分を考えればふたりは到底すれちがいもしない関係であるのに……。

『聖マンゴー、カルタン神父、一角獣の浮き彫り』そして『ほとんど全てを見た者たち』、人生におけるちょっとした偶然、まだ全体の絵が理解できないので神のいたずらとしか考えられない事柄、これらは実は大きな意味があるのだ。その理解は妄想と言われるものであるかもしれない。何事かを理解することは、換言すれば自分だけの問題だ。だからそれは妄想と言っても良いだろう。決して卑下する訳ではなく。でも同じ妄想を多くの人々が共有しているからといって、それが正しくいつまでも維持されるというわけでもない。

突然、宝苓にこの国をもう一度よく見てみたいという欲望が湧き上がってきた。かつて通った道、初めて目にする山や川、落ちても良いような谷。記憶にある場所、初めて視る場所、そんなところをめぐってみたい。それはまたクリスにとっても良い体験になるだろう。そうだ。クリスの居たという神殿学校に行ってみてもいい。そこからクリスとカルタン神父のたどった道をふたたび体験するのだ。

ひょっとしたら、道の途中で『ほとんど全てを見た者たち』に会えるかもしれない。

大切なことは、快適な旅が現在は可能だ、ということだ。クリスへの感謝をあらわし、ふたりでこの旅を楽しむことができれば、こんなに素晴らしいことはない。そしてそれは人生を生き直すことになるかもしれない。人生の秘密を知ることができれば、生きた価値をかろうじて感じられるかもしれない。

Ⅱ．宝苓と桃英

宝苓は桃英に会ったら、意識の無い状態の女に対する自分の嗜好について話してみようと思っていた。

以前ならば、このようなことは絶対に話題にすることはなかった。むしろ、このような話題に自分が興味を持っていることすら隠していた。たまたま他者との会話で、「失神《syncope》」「気絶《deliquim》」などの単語が出ると宝苓は赤面することをおそれ、急いで別の話題に移ろうと努力した。

しかし今は秘密が明らかになっても、心の解放が進んだので恥じる気持ちにはならないだろう。むしろそれより信頼する桃英に素直に話し、自分の異常さを知ってもらいたい。常に理性で行動できる訳ではなく、内に秘めていた力に負けてしまうことが常に起こり得ることには納得してもらえても、非論理的で破壊的な衝動が突然強く働き、全ての感性が屈服してしまう現象に理解を得るのは難しいだろう。

桃英に演技をさせて、そのような状況を楽しんでみたいと思ったこともある。

もし望めば桃英は承知するような気がする。性愛は彼女の得意分野だから……。しかし意識の無い状態に彼女は価値を置かないだろう。互いに愛し合うことが基本だとしたら、一方が〝人形化〟することは愛の放棄である。結局、使おうとした薬品の入手の問題もあり、宝莕は桃英にそのような提案をすることはなかった。

だが今度は提案ではなく、ひとつの話である。

自分自身に巣喰う〝病理〟の相談である。

久しぶりに桃英に逢ったとき、ゆるゆるとその話に近づこうとした。

まずは古い友人に久しぶりに会い、彼の後宮《ハーレム》を見学したこと、そしてそこでは彼の女たちは眠らされたまま、彼の相手になるという話。

「男と女の違いね」と桃英は言った。「そんなこと考える女はたぶんいないわ。意味がわからないもの。だいたい意識が無ければ快感も感じられないじゃない。眠っている人を見てそれに興奮するなんて、どうかしてるとしか思えない。でもそれが基本的には男性の考え方であり、ものを見る規範におおいにかかわっているとは思うの。あなたもきっとそんな嗜好《このみ》があるんでしょう。あからさまになったからといって恥じなくても良いし、かといって自慢できることでもないけど、もし何かお好みがあったら、やってあげないこともないわ」

しごくもっともな発言で内容は判然としている。それは男の非論理性を理解し、その上で役に立っても良いという優しさをも現している。

では、桃英に何をしてもらえるだろうか。宝苓は身体が十全でまだ欠損がないころのことを考えてみた。そして当時と今とを比較《くら》べれば、今の方が性的快楽は大きいのではないかとも思った。

これは宝苓の癖のようなもので、過去の自分の言動や成した選択に後悔することが多いことと関係しているのだろう。〝現在〟や〝未来〟に特に大きな価値を置いている訳ではないが、自分の過去の振る舞いが気に入らない場合が多いのだ。そのときには何のためらいもなく発した言葉や行った行為をのちに振り返ると、本来の自分よりも劣った人間の所業のように感じられてしまう。

〝進化した〟現在から考えてみると、快感が一瞬にして終わる十全な身体から、これと云う頂点《クライマックス》がないけれども持続する快楽（純度は少々劣るけれども）がつづく現在の身体に変わったのだ。それを進化と宝苓は言ってみた。なぜなら、それは因果律に作用することなく単体で快楽を得るということだから……。

ここまで考えを進めて、宝苓は現在自分が桃英に何ら快楽を与えていないことに気が付いた。これは女に対して一方的な快楽だけを求め、相手の快楽を考慮しないあの古い友人と同じ感性である。

そこに気付いて宝苓は桃英にもう少し好い思いをさせたいと思った。そして中にお湯を入れられる焼き物の張型（それはどこかの娼家で見かけた記憶がある）を考えたが、即座にその思いを消そうとした。そのような物を使うことは自分自身に対する冒瀆のみならず桃英を侮辱することにもなると思ってのことである。

結局、宝苓はいつものように桃英にすべてをまかせた。

「あなたが意識を失っている、という設定はどうなの？」と桃英は笑いながら言った。「目を閉じてじっとしてらっしゃい。それとも、軽く縛ってみる？」

本来は生殖のためにある行為が快楽を目的としてしまうことは、生殖を促すひとつの罠と言えるだろう。

宝苓は桃英に従って仰向けになって手足を広げ目を閉じていた。

桃英は準備を済ませると、宝苓の身体を横に向かせた。宝苓の背面にまわり、身体の下になっている片方の腕を引き出し、両手首を正絹《しょうけん》の紐で結んだ。

「痛まない？　少し太めの紐に換えましょうか？」

宝苓はこのままで良いと言った。ただ元の仰向けの体勢にもどると体重が結ばれた両手首にかかり、痛みがあったが、「脚はこのままで頼むよ」と言って緊縛は両腕だけに済ませた。

「目隠しは必要？」桃英はまるで普段は目隠しを宝苓が要求しているような調子で言った。

「目隠しも猿ぐつわも止めておこう」宝苓は笑いながら言った。

準備が整ったので、桃英は宝苓の身体の上に乗り、まずは全身を密着させた。

胸、腹部、下腹部、太もも、順番に身体の部位を同じ場所に乗せてゆく。自分の身体の上に桃英の身体が対峙している。胸を合わせると体格の違いは下半身に現れ、桃英の太ももは宝苓の臍の脇腹辺りに位置した。

より多くの体重が宝苓にかかったが、桃英の位置取りの所為で両手首は臀部のくぼみに守られ圧迫される痛みはなかった。

それよりも桃英の接触する肌が快感をもたらした。

クリスとの旅のための馬車が完成するまでのしばらくの期間《あいだ》、宝苓は桃英との逢引を繰り返した。

Ⅲ．バルフとフェリシテ

「あたし他人《ひと》の夢に出たことがあるの」フェリシテは笑いながら言った。

バルフはこれにはどのような応《こた》えをすれば好いのだろうかと考えていたので、返事が遅れた。かまわずフェリシテは続けた。

「すこし以前《まえ》の話よ。今、思い出したの。その人の夢ではね。あたしがお人形のフェリシテ（同じ名前なの）をお墓に埋めていたそうよ。もう大人なんだから、お人形で遊ぶのは止めようと云うことみたいね」

お人形ではない本当の子どもを身ごもっているかもしれない。バルフの気がかりはそれだけではなかった。これからふたりで碧江《へきこう》を渡り、西方《ヘスペリア》の地に行かねばならない。

ひとりでも大変なのに、こういうことには全く役に立たず、むしろ障碍《さわり》になること確実なフェリシテを無事に何事もなくそこに連れて行くのは至難の業といわねばならない。

バルフはフェリシテが好きになってしまったが、ほんの少しだが失敗したという懸念もある。動物的な本能を刺激されたことが大きな要素で、フェリシテの人間性に魅せられたという訳ではない。人間が、いや動物の持っている欲望はその高まりに耐え得られなくなるときもあれば、本来の自分の欲望とは違うと気が付き屈託《うんざり》することもある。あまり急な欲望の高まりは日常生活には好ましくないと思っているが、衝動だからそうも行かない。これが生殖の秘密なのだろう。自然は侮《あなど》れない。

過去を訊ねれば、バルフは世界のどこかに自分に相応しい場所があると常に思っていた。そして、北の大学町セプテントリオに行き、大学関係者の雑用に供することを始めた。使い走りのようなものである。

学費が払えないのは判っていた。学生にならずとも、せめて学問の雰囲気に包まれ、少しでもいいから自分なりに何かを学んでみたい、そんな思いで大学町に行ったのだが、それなりに順調な生活を営むことができて、バルフは嬉しかったし驚いてもいた。それにはバルフの人柄や気遣い——あまり上等ではないものを身につけていても常に清潔でいることが重要であると知って身だしなみに注意する。教授や学生たちと付き合えば学問に関係する言葉や言い回しを自然に覚えた。しかし許される言葉とその階級とがあるから、これらの言葉は自分からは遣わないように用心する——これらの注意が、さらにはそれらの気配りのできる性格が大いに影響した。

セプテントリオは冬が厳しい。多くの教授や学生は故郷へ還ってしまうようだが、なかには大学の寄宿舎にこもってまとまった勉強や研究を進める者も居る。

バルフも〝居残り組〟であり、寄宿舎の空き部屋を使わせてもらったり、学習室の暖炉の薪に余裕があるときには、炎を頬に感じながら貸してもらった貴重な本を読むのだった。

こんなとき、バルフは言うに言われぬ喜びを感じた。

何かを知る喜び、断片のつながり具合が理解でき、全体の構図が頭の中に浮かぶ、まるで聖堂のような荘厳な建築物のような場合も、あるいは家の裏に建てられた見栄えはしないが便利な倉庫のような場合もあった。

バルフは興味があることならなんでも知ろうとした。そしてその根底ではこんなことを考えていた。

人間には何か形を決めるものが必要だ。手先が器用で絵画や彫刻をものする者も、その才能を操る能力、制御する力が必要だ。それらの物質はさまざまな感性の兼ね合い《バランス》がなければ、器用に作られていても魅力のないものになってしまう。言ってみれば人間の深みがないと、作る物にまで影響するのだ。もちろん例外もあるだろうが、作る物にその人の良さが滲み出ていると、これはいかにも好ましいものとなり、品物に更なる魅力を加える。幅広い知識見識を身に付けるとそれだけで人の深みが増し、作るものにも話す内容にもより深い意味が加わる。

閑話休題《それはさておき》。セプテントリオでのバルフの生活は内面も外面も大いに彼を育てた。実利的なこととしては、セプテントリオとは対象的な暖かい花の国《ヘスペリア》から来た、タルボット氏に気に入られ、親代わりになってもらったこと、そのタルボット家で働いているフェリシテと懇意になれたことなどが挙げられる。

タルボット氏の口利きでバルフはセウェルス教会の助祭という地位に就くことができた。そしてクリスという友人もできた。

そして今がある。いや、バルフは事故とはいえ、リュシアン神父の父君を亡き者にしたことに深い自責の念を抱いていた。日々、良いことがあってもこのことを思い出すととても苦しくなり、時を遡って償うことができたらばどんなに心の安寧が訪れるだろうかと夢想していた。

その悔悟が現在のバルフにどんな影響を与えたのだろうか。

フェリシテに対する優しさ、身近な人々を大事にしようという思い、助祭の修行をしているときにはそんなことは教場での教えのような現実性のないものに感じられたが、今や切実な日々の守るべき習慣のように、身近でしかも自分を高めてくれる崇高な教えのように感じられた。

そして今、バルフはフェリシテを伴ってヘスペリアへの道を歩み始めた。

明るい希望の光が見えていたが、その光は一筋だけで周囲はまだ暗黒色だった。そこには将来への自分自身に関わる不安もあったし、フェリシテを守って行くため生じるであろう、これから襲いかかってくる多くの困難、問題も予想できた。まず、教皇領を超えた小さな半島の突端にある自由都市インエルサムに行き、そこから船で対岸の花の町ヘスペリアに行くことができる。ヘスペリアにさえ辿り着けばタルボット家を見つけるのは容易だろう。

ふたりは南に向かって歩いていた。ふたりきりで話がはずんだ。もともとおしゃべりなフェリシテは今までの自分の体験やその時々の感想を脈絡なく話したので、バルフはフェリシテがその年齢のわりに豊富な体験を持っていると思ったが、よく聞いてみると同じ事件の話であった。

バルフは話をタルボット家の方に向かわせたかったが、フェリシテはこの話題に触れようとしなかった。新しい人生を得られそうな今、過去は振り返りたくないのだろう。今話さなくとも、フェリシテのおおよその身の上は人から聞くこともなく想像できた。しかしそれらのことよりも、フェリシテの日常の手足の動きから生じる蠱惑的な姿態や愛らしい表情にバルフは魅了されていた。美しい可愛い生き物、それが身近に居るだけではなく、自分のことを尊敬し、かつ好ましく思っているのだ。

彼女の好ましさ心地よさのために自分の払う負担は、この後さらに増えてゆくのは確実である。

考えてみれば、最初の接触からそのことはわかっていたはずだった。しかしその頃はそんな負担も全くかまわない、むしろこちらから申し出たいくらいだ、と思っていた。

よく世間で言われる〝女の罠に嵌まった〟という考えがバルフは嫌いだった。それはそれで即物的に物事を切り取った、現実に適合した言い方かもしれない。しかしバルフはそんな風に現実を考えたくも見たくもなかった。そして愛を信じていて、打算や戦略こそが人の価値を貶める忌諱すべきものだと思っていた。

道は途中から小川が現れ、その周囲の湿地には灯心草が背を伸ばしていた。

「少しこの辺りで休まないか？」バルフはフェリシテに声をかけ、周りを見渡した。水の所為で安らぎにふさわしい場所に見える。

「そうね。ちょっと太陽が強いわ。日陰で休みましょうか」

フェリシテは岸辺の草が生えている場所を注意深く探りバルフにその場所を勧めた。

バルフはそこに座ると、フェリシテを呼び寄せ隣に座らせた。

「疲れた？」と気遣いながら、このまま歩いて目的地までたどり着けるものだろうか？　これは正しい方法なのだろうか？　と疑問も感じていた。そのままじっとしていると、馬の匂いと呼吸《いき》の音が気になってきた。

馬の気配は小川に乗ってやって来るようだった。上流を見ると、榛《はん》の木の枝のあいだから、馬の顔が覗いていた。馬は水を飲もうとしている。馬の後ろに道化師のような派手な縞の上下がつながった服装の若い男が馬のたづなを木に縛りつけている。

男はこちらに気付いて軽く微笑み、三角帽子を脱いで挨拶をした。そしてゴソゴソと榛の木から身を離し小川をまたいでこちら側にやってきた。

「失礼、失礼、驚かせたらごめんなさい。そちらの淑女《レディー》にも。旅の途中で馬を休ませておりましてね。ほら、向こうの楢《なら》の木の下に二輪馬車《ハンサム》が止めてありましょう。馬を外して水を飲ませています」

フェリシテは座ったまま笑みを見せていたが、バルフは立ち上がり、「はじめまして」と挨拶した。

「私たちはインエルサムに行く途中です。そしてインエルサムからヘスペリアに渡ろうと思っているのですが、なにしろ初めてのことなので要領がわかりません。こんな計画は無謀でしょうか？　目的地は（と言いながらフェリシテを視線と身体で示して）このお嬢さんのお家《うち》のあるヘスペリアですが」

相手はフェリシテをじっと見つめ「お美しい、そしてお若い」とつぶやいた。続けて、「私はこんな格好で本当にお詫びいたします。少々事情がございます故お許しください。それから今のお話、うかがいました。お見かけしたところ、乗り物をご用意でない、とお見受けいたします。幸いなことに今日の遠出には馭者を伴っておりません。私が前の席に乗って馬を操れば、お二人でお乗りになるには十分です。どうです。ヘスペリアまでご一緒は出来かねますが、インエルサムの船着き場までならご案内出来ます」

バルフは驚いたが、昔から自分の幸運を信じているので、ある程度は当然と思った――相変わらず自分は神に愛されているのだ。

当然ながら、フェリシテに賛否を尋ねることは忘れなかった。もちろんフェリシテは予期せぬ親切が大好きであり、バルフと同様親切は嬉しいが当然のことでもある、と思っていたからお礼を言うのも忘れ、馬車での旅を想像して、期待に胸を膨らませていた。

「見ず知らずの方から、このような身に余るご配慮をいただき、感謝の言葉もありません」バルフはそう言った。神への感謝の言葉か。

奇妙な服を着た男はいったん小川を飛び越えもと居た場所にもどり、しばらくしてから、馬に馬車を引かせもどってきた。北側の橋を渡ってバルフたちの後ろに回ったのだ。

「私、インエルサムから来たのです。用事があるわけではなく、こんな服装で遊びですよ。帰りますからご一緒いたしましょう」馬車から降りて、そんなことを言う。

「お言葉に甘えて……。本当にありがとうございます」バルフはフェリシテを先に乗り込ませ、そのあとに続いた。フェリシテはゆったりと座っていたので互いのももが触れた。

道化師（の衣装の男）は笑いながら馭者席に座り馬に鞭を当てると、バルフを振り返り「インエルサムは初めてとお聞きしました。ご興味のある場所がございましたらおっしゃってください。ご案内いたしますよ。インエルサムは自由都市とうたわれていますが、まだ本当の意味で自治を手に入れた訳ではありません。つまり教皇庁の力は衰えつつありますが、場所や組織によっては権力が残っております。まあいずれは自由都市になるのでしょうが、住民は将来を先取りしてそう名乗っております。自由を愛する気持ちが住みやすさを生んでいるのでしょう。美しい町です」

バルフはこれから訪ねる二つの町、この先に馬車で行くことになったインエルサム、そこから船で渡った先、バルフの支援者《パトロン》のタルボット氏の家があるヘスペリア（タルボット家で働いているのがフェリシテ）のことと、自身の今後の身の振り方を考えてみた。

二つの町はまだ行ったことはないが、とても魅力的に思われた。

バルフのやってきた世過ぎと言えるものは、特にその名を呼ばれるようなれっきとしたものではなかった。教会の神父の手伝いをしていたとき、『助祭』と神父が言い、バルフも訊かれるとそう答えていたが、免状などを持っていた訳ではない。しかし人の多い町ではしばらく住んで様子を見れば、大学だけがあるような町よりも、あるいは教会だけしかない田舎より、仕事と呼べるようなものは数えきれないほどあるだろう。大学町で過ごしたバルフは港のある大きく自由の多い町なら何をやっても生きていけるという自信があった。

そしてヘスペリアのタルボット家に厄介にならず、別の町（インエルサムである）でフェリシテと二人だけで生活していけたらどんなに幸せかと思っていた。

それには経済的問題が大きな要素となるので、ヘスペリアに無事にフェリシテを送り届けたら、お金の算段をして何か良い手段を見つけ、あらためてフェリシテを迎えに行けば良いだろう。このような明るい将来が見えてきた。

「住まいを新しくなさる？」駆者台の男がまた振り返ってバルフに聞いた。「インエルサムになさるでしょう。そうなるに決まってます。賢そうな目を持っておられる。何かしら重要なことを発見、あるいは思い付きになられるでしょう。そうしたら私にも教えてください」

馬車が進むにつれ、次第に家や人が増えてきた。フェリシテは興味深く街並みを見ていた。右側を見ていると反対側が気になり、結果、せわしなく首を動かし左右を見なければ気が済まなくなっていた。

Ⅳ．マーカイムとマーメイド

ある日、背の高い瘦せた青年が大きな布袋をかついでマーカイムの店にやってきた。かついでいた袋を店の大きなテーブルの上に慎重に置くと、「剝製にしていただきたいのですが」とおずおずと口を開いた。

袋が大きいので、マーカイムは大きな獣《けもの》を想像した。

――熊か、鹿か、まさか大鼠《カピバラ》？

「実は人間《ひと》なんです」青年はふたたびおずおずと答えた。「しかも、とても瘦せた人間です。そして、わたくしにとって大事な人間なのです」青年はそう言いながら、布袋の口を広げて中身を出そうとした。

剝製師のマーカイムはそれを停《とど》め「もしやカルタン神父？」問いではないが訊ねる口調で。

青年は何度もうなずいた。黒色の頭巾から色白の顎の皮膚が動くのが見えた。

「そしてあなたはシグルさん？」ふたたび剝製師は問いではない問いを言い放った。

「まさに」シグルは肯定した。「〝島のシグル〟です。カルタン神父《さん》には気の毒なことになりました。家の者の仕業《しわざ》にちがいありませんよ。おそらく体内はカタマイトに荒らされている筈です。このまま封じ込めてしまえば問題はないと思うのですが、こんなことを平気でやっていられるのが、〝島〟の感性なのでしょう。わたくしは恥じていますが」シグルは恥じた様子もなく、堂々と〝島の長《おさ》の子孫〟ならではの態度で説明した。

その最中、階段を降りてくる足音が聞こえた。自己の存在を誇示するようなこれ見よ（聞け）がしの音ではなく、遠慮がちの、他者への配慮が感じられる足音であった。

シグルは階段を仰いだ。釣られるようにマーカイムも上を向いた。

「おお、わがマーメイド！」マーカイムがまるで劇中の人物のようにおおげさに両手を前に突き出した。「まさに今こそ登場の時、あなたの才を神が忘却に委《まか》せるはずはない。さあ、どうぞどうぞ、この命の絶えた大切な人を生き返らせるのはあなたしかいない」

シグルは思っているのと状況が異なり始めたことに気が付いた。

二階から降りてくる老婆は長い髪に薄汚れたベールをかぶり、貴婦人が着るようなドレス（それも長年の時の経過が生地のほつれやかぎ裂け、変色を起こしていた）を身につけよろめきながら、手すりをしっかりと摑んで地階に降臨した。そしてシグルに会釈すると、興味深そうに粗木のテーブルの上のカルタンの身体を眺めていた。

「まだ命はあるの？」しばらくしてから、マーメイドはマーカイムに問うた。「あるんなら、いっそのこと小人ちゃんに全てを委せる方が良いかもしれないわね。それともあなた（シグルを睨みつけながら）は何を望んで剝製屋に来たのかしら。死んだ身体に細工をして操り人形にしたいのなら、私の仕事よ。どんな細工が必要か言ってみて」

シグルは言葉に詰まった。彼が尊敬すべきカルタンを剝製屋に持ち込んだのは、いつまでもその姿を留めようという思いからだった。それは教会や大学でよく行われていることで、北の大学では正面門のはるか上方のガラス張りの部屋に初代学長の剝製（ミイラと言うべきか）が出入りする人を睥睨していたことが強く印象に残っている。

カルタン師を剝製にしたら教皇庁のどこかに飾ってもらえるだろうか。それとも、ここ燕邑《えんゆう》のちっぽけな教会の説教台の後ろに安置され気味悪がられるのが関の山か。

ずっと島で暮らしていたシグルが、自由に燕邑に来れるようになったのもごく最近で、どこかで聞いたり読んだりして記憶に残った事柄が、島の外ではよく行われていると思い込んでいたこともある。

しかし二階から降りてきたマーメイドと呼ばれたこの女の言うことは初耳だった。それを聞いてシグルはとても興味を引かれたが内容が内容であるため、自分の理解が合っているのか不安だった。

シグルはマーメイドに尋ねた。「この遺体をどうすれば良いと？」

マーメイドは大きなテーブルに横たわった、かつてカルタンであった身体の腕や首を小さな白い手で触りながら、「これは良質な素材ね。わたしにまかせてくだされば、思い通りに動くようにできますわ」と言った。

「思い通りに。これはこちらの思い通りのことだね」シグルは確かめた。

「小人ちゃんが居ないならの話。だったら自由に細工ができる。居たら追い出さなければいけない。かわいそうだけど」

「脳を喰うカタマイトのことだ」マーカイムが遅まきながら説明を加えた。「宗教家の間では煩悩を無くす力を持った天使と考えられている。しかし、脳を食べ尽くしたあとも体内に居るとそいつが主導権を握ってしまうことがよくある。すると人間（だけではない）がカタマイトの乗り物になってしまう。人の姿だから人だと思って対応してしまう、そしてそいつも人のように動いているが、どこか違うし何をしているのか、したいのかさっぱりわからない。むろん言葉も通じない。そんな不思議な生き物が増えてしまい、これからこんな連中ばかりになったら恐ろしいことだ。本当の人間かどうか常に確かめていないとこちら《人間側》が困るだろう」

「それに比べて」マーメイドは口を挾む。「加工が済んでいれば、わけのわからない生き物ではなく、操縦《あやつる》ことができる役に立つ道具になるわ。そうすれば多くの使い方が考えられる。実用的な分野はもちろんのこと、例えばお芝居にも……、今までにない精密な人形を使った人形劇も可能になるわ」

マーメイドの関心は死体（無生物）を機構《からくり》で動かすことにあるらしい。

それは非生物を生物に変えることだ。しかもその非生物はかつては生物であり、それを元の生物に戻すことは神の行為だろうが、この場合は明らかに胡散臭さが付いて回って、まさに偽の神の行為と言ったほうが相応しい気がする。

かつては〝神との仲介者〟であったシグルもそして家族たちも、これに似た胡散臭い行為を永年に渡って繰り返し行ってきた。そしてこの行為は家の存在理由にもなっていた。このように神などを相手にすると、神は見えない所為で（シグルにはそう思われた）、周囲の行為が真剣であってもその行為は本当のようには見えなくなってくる。

気が付くとマーメイドがシグルのごく近くに移動していた。「本当はどうなさりたいの？」マーメイドが訊く。シグルは自分の頭の中を覗いてみた。――空白だった。

「実は何も考えていないんだ。ただこの神父さまにわたしは助けられた。肉体ではなく精神の恩人なのだ。わたしは自分の家の古い考え方、習慣を嫌悪していたがそれに替わるものを知らなかった。しかし神父さまの基《もと》でそれを発見した気持ちになった。最初は気持ちだけだったが、そのうち実際の対処法が判って来た」かろうじてシグルはそこまで話した。すると今度はマーカイムが机に置かれた神父の屍《しかばね》に腕を伸ばし肘の関節を確かめるように、あるいは玩ぶように腕を曲げたり伸ばしたりした。シグルは不快だった。

それを知ってか知らずかマーカイムは口を開いた。「神父さまは最初、大きな集団に属しておられた。しかしそのあと、そこから離れた立場を採《と》るようになられた。ご自身はどう思われたかわからないが、年齢を重ねこの世と別れる準備を始めるには、まず独りで生きることから始めよ、という教えがあったことを私は思い出した。たまにこの辺りでお見かけすることがあって、新しい玩具《おもちゃ》のような教会を任されたと聞いた。最初私は何か偉い人の気に入らぬところがあって、こんな港町に追いやられたのかと思った。しかしそのうち、神父さまはきっと自らこの決定をなさったのではないかと思うようになってきた。神父の本来の役割を思い出し、こういう人の出入りが激しい町で困っている人を助けることが、大切だと思ったのではないのか。熟練した人形遣いが、人形をほとんど動かさないで感情を表す。そんなことを想像して熟練した神父に成ろうとしたのかもしれない」

とは云っても、それは過去の話であり、現在考えるべき問題ではない。
神父の屍《しかばね》を安らかに葬り、その命を讚え、魂の平穏を願う、等のことはこの場所では思う者は居なかった。そのような目に見えない物事ではなく、彼らは具体的な物体を欲していたのだ。その場合神父の操り人形は当然考慮に値する改造だった。そして諸君らはすでにその結果を見ているはずだ。

一階が剝製屋二階が人形遣いの住み処、この構造は同じ通りの少し先にある、一階が文房具屋二階が下宿という宝苓がよく訪ねたクリスの住居を思わせる。しかしこの家屋の使用法の類似性は偶然のもので、特に意味があるとは思われない。このような家屋の使用は家主に多少の安定した収入をもたらすので、運用されることは頻繁にではないが稀とも言えなかった。

クリスはシグルに初めて声を掛けられたとき、いままで視界に入れないようにしてきたこの『剝製屋』にシグルが魅せられている様子を奇異に思った。同じ日にカルタン師の恐ろしい姿を目の前にして、この背の高い瘦せた青年はカルタン師の変貌に関わっていると確信したが、両者の関係がわからなかった。カルタン師はそう簡単に見ず知らずの若者と知り合いになれるような性格ではない。

何か計り知れない力が働かなければ、あのような師弟の関係をカルタンとシグルが結ぶことはあり得ない。そう思うクリスの思いの深い部分にシグルに対する嫉妬がある。

人が変わってしまうというのはこんなものかもしれない。なんの前兆もなく、ある日突然まったく別の人になってしまうのだ。とクリスは思うようにした。

そして、世捨て人の気持ちでカルタンにはもう会いたくないと思った。

自分を育てある意味では創ってくれた霊的指導者《グル》があのような変貌を遂げたら、優秀な弟子は同じように人間でなくなるべきなのか？

いやクリスはすべてを放棄し、隠れてひっそり暮らそうと思った。過去は捨ててしまおう。

しかし宝莕がクリスの下宿を訪ね、『神殿学校』に行ってみないかと誘うと、クリスは二つ返事で了承してしまった。

最初の場所、そこをもう一度見てから今後の身の振り方を考えたい、そう思った。

カルタンがまったく別の人間になってしまったように（カルタンだってそんなことは予想もしなかっただろう）、他人のことは言わずもがな、自分のことすら、わからないという考えにクリスも賛同せざるを得なかった。

そんな人間が物事を多少学んだとしても、〝真実〟に近づきそうもない。あるいは〝真実〟があると思うことこそ錯覚の類いなのかもしれない。

六、〈シルバリン〉の手記 2

わたくしの最初の手記のなかで、父の残した書き物を極寒の地、セプテントリオで無事手に入れたのもつかの間、帰りの馬車で見ず知らずのならず者たちに、強奪されたことを記した。

しかし、人生には何が起こるのかわからない。災いが引き金となって、さまざまな関係が変わり、人間のこころもそれによって変化する、その結果として災いが良い方に作用することも十分にあり得ることだ。

わたくしは意気消沈して自宅にたどりついたが、なんと翌日、帰りの馬車を襲ったならず者の首領の訪問を受けたのである。

家人《けにん》の案内でわたくしの前に現れたその男は、豊かなあごひげ、小太りの体軀、山賊のような服装、まさに父の書類を馬車のなかで強奪したわたくしの記憶にある人物であった。

それだけではなかった。その男はあの大切な父の手稿を抱えていたのだ。

「これ返します。間違えました」

あまりにも素っ気ない態度で、逆に清々しかった。そしてわたくしのひざの上に落とされた大切な手稿の入っている厚い紙包み。

早速中身を確認してみる。ざっと見たところ間違いない。非道な行為の後、それが回復されると、原因である非道な行為を非難する気持ちがなくなってしまう。むしろ発見の喜びを与えてくれたと、感謝したりもする。

「少し読みました」ひげの男はおずおずと言った。「論文というのですか、ああいうものは小難しいことばかりが書いてあると思ってましたが、これは違いますね。私にも面白く読めそうです」

それなら、この部屋から持ち出さないことを条件に読んでもいいよ、と上機嫌のわたくしはくちばしった。

「いえ、いえ。これは私が読むようなものではありません。私は気ままにやっているように見えるかもしれませんが、あるお方の要請でやっております。使用人が読むような本ではありません。これは自由な環境に居る人びと、高等遊民のための書物と察します。私のような者が読んで影響を受ければ、仕事ができなくなります」

このようにヒゲ男は言い切った。

わたくしはなによりも、原稿が返ってきたことに歓喜し、男が少しでも論文を読んだのなら多少はその感想を述べるのに付合っても良いと思って、その大きな顔を眺めているうちに突然『ヴィンコ親方』そうそう、『座長のヴィンコ親方』だ、と男の名前を思い出した。この男は四人組の人形を使った劇（こっけいな歌や踊りも含む）を出し物としている旅の劇団の座長なのである。

わたくしがあの連中（『全てを見た者たち』とか名乗っていた）に会ったのはセプテントリオ帰りの馬車が初めてではなかった。おそらく最初の出会い、また彼らの正体について、この手記に記す機会があるだろう。

話を進めよう。ヴィンコ親方は父の手稿を今度は丁寧に束ね直しわたくしに渡すと、こう言った。

「いかなる理由にしろ、ひとさまの所有物を取り上げることは、許されません。お返しいたします。それだけでは不十分ですので、あなたさまに特別な機会を提供いたします。それでお許しいただければ……」

ようやくわたくしの元に帰った手稿の表紙の紙をめくると、題名を父は『世俗の構造《コンページズ・ムンディー》』と記していた。これにはこのとき初めて気が付いた。皮肉っぽい父らしい題名である。わたくしは唇をゆがめる父の笑みを思い出した。

ヴィンコはもう一度丁寧に詫びをいれ、後日もう一度だけ訪ねることを許して欲しいと言った。わたくしは了承した。

約束の日の朝、ヴィンコはひとりではなく仲間を連れて現れた。そして「船に乗りましょう」と言った。

河口に誘《いざな》われると、そこにはさほど大きくない黒い船が用意されていた。仲間に手伝わせ乗り込むと、わたくしを一番良い席に座らせた。ヴィンコは背もたれのない木の椅子を前に据え、「船が着くまでお話しいたしましょう」と言いながら、わたくしの向かいに座った。

「これは昔の話です。そのころ時のからくりを考えている男が居ました。いろいろ考えた末、時間が経ったという感覚はその人間の感じ方によるものだと思い至ったそうです。周囲ではなく、その人間の感性に原因があると。そしてこの男は奇妙な船を造りました。『時を超える舟』と言われています。それをこれから見に行きましょう。それを私のあなたさまへのお詫びの品にいたしましょう」

こんなことをヴィンコは言っていた。

われながらヴィンコの一件はこう書きながらも、とても実在性の薄い奇妙な体験であった。彼の話す内容とそのときの態度とのあいだにとてつもない違和感があるのだ。しかし、わたくしには彼の話すことがらが、なかなかに興味深く思われるのであった。——時を乗り越える話も、彼はとてもその論理的な説明はできないのだが。——わたくしは港まで彼らとともに行ってしまい、船にも乗ってしまった。

われわれを乗せた黒い船は碧江《へきこう》を北へ進んだ。

左に島を見て少し進むと今度は右側に碧江に注ぐ小さめの川が見えてくる。

「あれを遡ります」とヴィンコが言う。しかし、即座に「いや」と言い直す。「そうではない。そもそも向きが違う。向きが逆だ」両腕を振り回しながら部下に命じる。

船は停止し、斜め後方に角度をつけて後退し、さらにふたたび前進することを繰り返し、ようやく船首を南に向けることができた。

「思えば私は常に北に行くことを考えていた。北には多くのものがある。教皇領、インスラやヘスペリアも北だ。南は燕邑《えんゆう》だけだ。そう『時の館』は燕邑にあるのだから南に向かわねば……」

ヴィンコはそう言うと、自らを笑った。

わたくしは合点した。これから『時の館』へ行くのだ。

さらにわたくしは歓喜した。なぜなら、すでに『時の館』について（読書によって）知識を得ていたから、あの理論を実際に味わってみたいと思っていたのだ。

わたくしは目の前のヴィンコ親方に聞いてみた。

「『時の館』とは林絲游《りんしゆう》の家ですね。多くの時計があるという」

「そうなんだ。ご主人がいなくなってしまって、難儀なさったらしい。あの不思議な美しいお家《うち》の水路のどこかに時を超す舟があると思うのだが、行ってみましょう」

さらにわたくしは親方に聞いてみたいことがあった。ちょうど良い機会だ。

「あなた方、『ほとんど全てを見た者たち』と云うのでしたね。そして自らの意志ではなく、ある人物から依頼されて行動をしている、とおっしゃっていました。それらについてもう少し詳しくお話をうかがう訳にはいきませんか」

親方の眼が笑った。「そうねえ。貴方になら話しましょう。われわれは普通の人間ではありません。人間ですらないのです。そう人間以外の動物です。皆さん方が生息地に行けば容易に見ることのできる動物であります。ただこれは外見だけのもので、思いや行動は一貫したものが司っているのです。あなた方が『カタマイト』と呼んでいるものです。この組み合わせによって、『永遠の存在』が可能になってくるのです。肉体は使われて古くなりついには壊れても、支配者が同じなら続いていることになりましょう。ただ肉体を行使したりものを考える役割のカタマイトがどれだけの期間《あいだ》生存できるかが不明です。おそらく文字通り永遠とは行かないでしょうが、驚くような高齢が記録されていると聴きます。ですからわれわれは『ほとんど全てを見た者たち』と名乗っているのです。

肉体を乗り換えながら私は多くの世界を生きてきました。当然人間が見たこともないものも見ました。いつか、それを人々に知らせたい欲望に駆られます。それを見たらもう二度と生きようとは思わない光景、人間の存在を否定したくなる光景。あるいはそれとは逆に見たことで、生きる希望が溢れるような光景。人間の存在理由を見事に証明できる光景、長い間にわたって世界を見続けることは、小賢しい思いを刺激し、自分が秀でた者であるという錯覚を生じさせます。この危険を避けるためにわれわれはレークス王の命《めい》に従って人間に良いと思われることを行ってもいるのです。これは会うべきでない人たち、会えば論争になるような人たちが迷路の道で偶然会ってしまうことを避けるような作業なのです。また私たちはいろいろな芸を披露して人々を楽しませることもしますし、王や君主などの支配者の横暴が過ぎればそれを芝居に取り入れ、笑いの種にしてしまうこともあります。芝居は不思議なものです。即座に別の世界が現れます。実際の世界も実はこんなふうに出来たのではないかと思ってしまいます。暴力による支配とか裏切りの連鎖とか、現在の権力者の勝手な物語にすぎません。良く言うでしょう〈箔を付ける〉と、箔を付けるための楽しい物語ですよ」

わたくしはこの興味深い話を黙って聞いていた。この連中の頭にカタマイトが巣食っていて操縦しているということは、まあ予想通りだ。それよりも彼らを思い通りに使っているレークス王なる人物が気になった。わたくしは親方に訊いた。

「その王様、レークスさまになんとか会えませんか？　とても興味深いのですが」

わたくしの願いに対して親方はまずレークス王について説明した。

「レークス王は気が触れている。あなたのような方ときちんとした内容のある話はできないでしょう。驚くような発言もなさいます。で、われわれが何故あの王の指示に従っているのかと申しますと、狂気の発言のなかに真実があることを信じているからです。今のこの世が狂っている証拠のようにレークス王の思いは真実を突いていると考えているのです。いきなりお会いになるのは難しかろうと思います。機会があったら私がお連れいたします。要領を飲み込めばわかりやすい方だとも言えましょう」

このような四人組『ほとんど全てを見た者たち』劇団の主催者ヴィンコ親方との対話はわたくしに新しい世界を開いてくれた。これはこの時点での予感であったが、わたくしはこの劇団親方、彼の仕えているレークス王のこの世から遠のいた人物たち（レークス王にはまだ会っていなかったが）に、自分と共通する属性を感じた。

ヴィンコ親方はもちろん大切な父の書物《かきもの》を強奪した、本など読めない（あるいは読まぬ）乱暴者、という印象しかなかったが、話してみるとなかなか面白い人間である。そして彼をひいては彼の率いる劇団を支配している王とはどんな人物なのか、（本当の王なのか、あるいはあだ名のようなものなのか？）なかなか興味深い事柄である。

この日の目的はレークス王に会うことではなく、時を超える舟を手に入れることだと思い出したわたくしは、ヴィンコ親方にことを急ぐよう要請した。

親方は「もう少し」と言った。指し示す先を見ると、大きな港が見えた。しかし、船はその港の前で左に曲がった。インエルサムから船に乗り、間違えた方向を南に変更し、ヴィンコ親方と話しているうちに燕邑《えんゆう》の港が見えるところまで進んだのだったが、船は燕邑の手前の細い流れに方向を変えた。

そこは町外れの小さな小川だった。岸辺はほとんど人の手が入っていない状態で、伸び放題の草が大いに茂っていた。

おそらく、この小川の先に林絲游の家があり、そこに時間を超える舟があるのだろう。ヴィンコ親方は何かを呟いていた。最初は聞こえなかったが、同じことを呟いているようで（発する言葉のリズムでわかった）、幾度も聞いているうちに——まだあるかなあ、もうないんじゃないか——と言っていることがわかった。彼の心配はわたくしに提供しようと思っている時を超える舟のある林絲游の川沿いの家が存在するかどうかで、年月の経過が膨大であったため、気になっているのだ。

この辺りは気持ちの良い川沿いで土地も起伏が少なくなだらかな地形である。家があるか、船から木々や草木の間を透かして見るも、人工物は目に入らなかった。しかし、その川からさらに支流がわかれていることに気が付くとヴィンコ親方は手下を呼び寄せた。ヴェルテと呼ばれる頭蓋変形がなされた男とマリータと呼ばれた年配の女性がどこからともなく現れた。

ヴィンコ親方は今気づいた川の支流を二人に調べるよう命じた。

「この流れに見覚えがある。以前ここでこの支流に乗り換えて林絲游のお宅に行けたものだ。

私の記憶が正しいのかどうだろう」

　手下のふたりはどこからともなく細身で軽量のボートを持ち出し川に浮かべた。そして、わたくしに手招きする。それを見たヴィンコも大きくうなずき、ヴィンコに連れられボートに乗った。

　四人乗船したので、舟はだいぶ流れに沈み喫水線が水面の下になった。少し進むと川をまたぐ朱色の東洋風の橋が見えた。しかし塗装は剝げ欄干の部品もいくつかは壊れて外れた部品もあるようだ。

「橋が壊れて手入れもされていない。悪い兆候だ。住んでいる人もいないようだ」

　ヴィンコ親方の嘆きが芝居がかって悲痛に聞こえた。

　たしかにこの場所はかつては気持ちの良い場所だったのだろう。しかし今は時の残酷な試練を受け、人の時に贖う力も潰え、放り出されすべての自然に蹂躙されている。

　ヴィンコ親方は手下のふたりに時を超える舟の形状を言葉で描写し、この建物を含むここから徒歩で行ける範囲を入念に探すよう命じた。

　しかし舟は見つからなかった。地下室の家具の裏や庭の草叢まで探したが舟の形をしたもの、少なくとも舟の大きさに値するものは見当たらなかった。

したがってわたくしはヴィンコ親方が約束した謝罪の品をもらうことはできなかった。二つの実現できなかった約束、レークス王との面会、この時を超える舟。

『叶えられない願い』という言葉が思い出された。

わたくしは、ほとんどの願いが叶えられるような環境で育ったので、『叶えられない願い』に特別な気持ちを持っている。それは単純に口惜しいといった思いではない。幼児期なら願望の拒絶に失望し、思いの叶わない現実世界への嫌悪を表すかもしれない。

しかし、わたくしは幼少期から感情を顕《あらわ》にする性質を持ち合わせていなかったので、自分を拒否した世界と自分の感情とを、傍観者のように眺めることで過ごしていた。

もちろん願いが叶えられず否定されたことはとても苦い経験であったが、そのうちにいちいち悲しんでもつまらないと思って世を凌いできた。しかしどこかに満たされない思いの口惜しさが残っており、それがさらに幼年期の甘美な思い出と入り混じって、満たされない思いが満たされないだけに至高のものとなっていった、この奇妙な心理的機構《メカニズム》をお解りいただけるだろうか。

結局、わたくしは幸いにも少数の気の合う友人を得ることができ、父の力で恵まれた生活を送っていた。ただ、現実生活の運が良かったせいか現実上では心配事はなく空想の世界で過ごすことが多かった。空想世界でわたくしは大きな危険を想定し、それも一振りの緑色の宝石が象嵌された剣ですべての敵の姿を消し去ることができるのだった。

現実生活があまりにも安穏に過ぎるため、わたくしは現実生活を楽しいとは感じられずその魅力が見出せなかった。そして空想世界に多く関わろうとしたのだが、空想世界はそうは自由な発想を許さなかった。

自分をいじめている少年を奇妙な剣や魔法の杖でやっつけたり、そうした空想を頭の中に描き溜飲を下げていたのだが、これらはあくまでも現実が基本となってそれを利用したこしらえに過ぎなかった。現実嫌いのわたくしはもっと架空の出来事、現実からかけ離れたことを望んでいたが、それはできなかった。どんなにこの世から離れていて独創的だと思わせる出来事も、その要素を分解してみれば現実からほとんど離れてはいない。この世に暮らす限り、現実が勝利するのは当たり前のことなのだ。

わたくしはそれでも時が経つうちに、敵と和解していた。現実を楽しもうとしたのだ。かたくななわたくしの心を柔らかくしたのは、父との夕刻の散歩が大いに影響したと思われる。

何時《いつ》ごろからか、父はわたくしをさそって、青色会《カエルラ》へ行くのが習慣となっていた。

青色会《カエルラ》では父は自分宛の書簡や書物などが届き、逆に手紙の返信など相手に渡したいものを委託する、そういう交換所のような一種の連絡組織および建物だった。一眼でそうとわかるように(関係者以外は近付かず、通り過ぎるように従業員は願っていた)青色の鮮やかなタイル張りの家だった。

父は自分の物だけではなく、わたくし宛の品物も青色会《カエルラ》を通して手に入れていた。そのうちわたくしも慣れてきて、青色会《カエルラ》の従業員とも顔見知りになり、自分宛の品物の到着を知らされたりした(しかし決まりに厳格なここの従業員は父がいなければ、荷物はわたくしの手には届かなかった)。

その頃だったと思う。父の友人たちと会ううちに自然と親しくなっていったのだ。

家に頻繁に遊びにきたのは、父と同じ年頃のとても背の高い人物だった。彼は家に来るとき、必ずわたくしに手土産として焼き菓子を持ってきた。お菓子の絵が描いてある紙袋に入っていて、素朴でそんなに美味しい物ではないと当時は思っていたが、何かこんな物で両親を独占されたくない、という思いもあったのかもしれない。

両親と書いたのは、幼いながらわたくしはこの優形《やさがた》の男に嫉妬心のようなものを抱いていた。かれは特にわたくしの母に愛想よく振る舞い、母もそうされるのが満更でもないらしく、ふたりだけになると、恋人同士のような甘ったるい雰囲気になるのだった。わたくしは母が掌をこの男に与え、自由に愛撫させていたのを見た覚えがある。

このような母の態度に父はほとんど反応しなかった。父は父で、夫婦の愛などよりも重視しているものがあった。それはこの世の中、この世界のできた理由、ひいてはその意味を探ることであった。

わたくしはまだ幼く、世界の根本的な意味、その成り立ちなどには疑問を挟《さしはさ》んだことはなかった。生まれたときからあったものに、存在の可否を問うことなど思いついたこともなかった。

そんなわたくしを少しずつ教育したのが父であった。

青色会《カエルラ》への父との行き帰り、父が話す話がわたくしの反世界の思いの基礎になったのだろう。

——神さまが人間の格好をしていると思っている人が居る。むしろ多い。教会の壁や天井に描かれた絵を見ればわかる。私が思うに、神さまは人の格好などしていない。だが、間違いを正せと言っているわけではない。教会にあるような絵や信仰の本に載っている絵が実際のものとは違うから正しい絵を載せろと言われてもどんな絵を描いたらいいのかわからない。神の本当の姿を知っている画家がいて、彼の描いた絵は神の姿を知っている者に見せるとそっくりだといったとしよう。しかし、その絵を教会に飾って信者たちは喜ぶだろうか？　その前にまず、絵を神だと認識できないと思う。おそらく神を知っている画家は大きな大きなキャンバスが必要になる。そこには何が描かれるのだろうか。大地、木々、森、山、海、空、月、星、太陽、いや生き物を忘れている。牛、馬、ロバ、羊、犬、そうあらゆるものだ。重要なのは私以外のすべての人、そしてこの星、これら（物の名前を知らないから細かくは言えないが）すべてが神であり、部分を取り出せば神の一部なのだ。ヒゲを生やし白いローブを着た老人が神ではない、神の一部かもしれないが。

そのようなことを父はわたくしに話してくれた。父が言うことは、最初びっくりするようなことでも、説明を聞くとなるほどと納得できるようなことだった。父はこのように鋭い異端と言える考えを持っていたが、それを普通の人々に言って驚かせたり、自分の知識を誇ることもなく、知識の深くない一般の人々を蔑むこともなかった。しかし、話し相手にはやはり同等の学識や考えを持っている者がふさわしいのは当然である。そこで、先ほど述べた『優男』が登場してくるのだが、この人は我が母に対する態度に目をつぶればきちんとした生まれの良い人物であった。

彼は非常に稀な範疇に属す家庭で生まれたのだが、家業から逃げ聖職者の地位を買い、僧侶になったのだそうだ。わたくしの知る限りでは、父の一番の親友と言えるだろう。

当時の男たちの社交は一泊程度の旅行とか、専用の板や駒を使っての遊び《ゲーム》、あるいは最近知った料理店に招待することや新しく購入した贅沢品を見せびらかす（わたくしにはそう見えた）などで、今考えればまあ、健康的と言えるのではないか、あるいは『子供のような』と評した方がふさわしいものかもしれない。

ここに書いておきたい事柄がもう一つある。

母は父と異なり伝統のある立派な家の子ではない。むしろ貧しい家庭で若いうちから働きに出された。ところが、母は美しく立ち居振る舞いも初めから垢抜けた少女であった。結果、働き先では気に入られることが多くさまざまな色恋沙汰を通り過ぎて来た娘だった。しかし本人は極めてその方面には未熟で幼いときから自分と同じ名前の人形を愛し、人形を話し相手にして暮らしてきた。

この母がわたくしに話した話で、とても気に入っているものがあるので、それを憶えのためにここに記しておくのも無駄ではないだろう。いや間違えた。それは母の話ではなく、わたくしが実際に経験した話だ。わたくしは幼かったので、初めて会う人間や場所の謂れや自分との関係は知らなかったし、知ろうとも思わなかった。おそらく母は初めての子供として産んだわたくしを両親に見せに来たのだろう。その家はとても大きく部屋数も迷子になる程たくさん有って、(ドアを開けると廊下に出てそこから行儀良く並んだ部屋べやの扉がずっと先まで見えた)家の迷路のように感じた。

両親の家に子供を初めて連れて来た母はいつもより上気しているように見えた。おそらく次の日の朝だと思うが、母はわたくしを庭に連れ出した。庭といっても季節の所為か殺風景な裸の木々が少しあるだけで白っぽい地面が寒そうに続いていた。

そのなかにどうということもない凡庸な家が建っていた。入り口の前に立つと、特別な匂いと小鳥の鳴き声、小さな嘴でカゴや餌をつっつく音が聞こえて来た。なかに入るとそこは小鳥の世界であった。両側の壁の棚にびっしりと同じ長方形の鳥籠が並び、一つのカゴにおそらくつがいの二羽が入れられ、その鳥籠が几帳面に二段に重ねられていた。部屋の隅に二階に上がる簡単なはしごが取り付けてあって、二階の四角に切り取った床のなかに通じていた。

何だか母が喜ぶと思って二階にも上がってみたが、様子は一階と同じだった。

「私と姉の勉強部屋だったのよ。いらなくなったあと、母が鳥の家にしたの」母が言った。

その頃までは母の家は豊かな家だった。しかしこの部屋が今のようになったころには母は『家の都合』で働きに出ることになったのだった。

息子を連れて故郷に帰った母はいつもの子供っぽさから脱皮したような自信を持った女だっ

た。

　その母とわたくしを青色会《カエルラ》に連れて行き、さまざまな話を聞かせてくれた父、ふたりとももうこの世には居ない。

七、神殿学校

小さな教会の前に大きな馬車が二台縦に連なって停まっている。

教会の一段下がった入り口から宝苓《ほうれい》とクリスが寝棺をふたりで抱えて短い階段を登りきり、前の馬車に苦労しながら積み込んだ。

ふたりは無言だったが、馭者の馬を操る甲高い声が人通りのない路地に時々響いた。

二匹の馬は人間ではなく自分たちにとって大事な行為のように体を揺すりながら互いの位置を調整した。足踏みの音、くつわを嚙み直すたびに揺れて縺《もつ》れる手綱。だが馭者は馬の動きに気をつけながら、馬綱のみだれを直していた。

宝苓が席に着き、身体を落ち着けていると窓に女の顔が現れた。桃英《とうえい》のところの小女だと見覚えがあったので、宝苓は扉を少し開き顔を近づけた。

「桃英さまがいらしております」と女が静かに言った。宝苓は隣のクリスに判《ことわ》ると、馬車から降りて桃英の小女の後に付いて行った。女は歩みを止めこちらを振り返ると「この先のお輿《こし》にいらっしゃいます」と囁いた。教会の裏に近い場所でもうとても暗くなっている。目を凝らすと輿と周りに関係者らしい数名の影法師《シルエット》が見える。ひとりの男が近づいて来た。思っていた通り鶯梅殊《おうばいじゅ》だった。

「ポレくん」懐かしい呼び声が耳に届いた。「クリスと一緒に神殿学校に行くそうだね。クリスはともかく、君は初めてなんだろう。初めての土地に行くときには誰だってどんなところか予想して行くだろう。あそこは少々特殊な土地だよ。だって生徒はどこからか物心つかないうちにさらわれて連れてこられたのだろう。教師たちはあんな辺鄙な場所に縛りつけられている。心の奇形を見たい者には良いのだろうが、どうもね、健全ではないよ」

「わたしはクリスともう長い付き合いと言ってもいいと思ってますよ。ふたりで会話した時間のことを言ってますがね。なぜかわたしと話が合うのです。あなたはクリスを助けてこちらの世界で生きられるようになさった恩人でしょ。こんなことを言ったら失礼に当たるでしょうが、われわれ二人ともクリスの何に魅かれているか、お考えになったことがございますか」

「うん、それは彼の品格じゃないかな。どこからさらわれて来たのか知ったらもっとはっきりするだろうが。

どこかの王子かもしれないね。少なくともしっかりした教育を受けているようだね」

ポレ（昔にもどってしまった）は鶯梅殊がなぜ桃英を差し置いて話し掛けてきたのか解明できなかった。彼の関わっているのは、政治的問題が主でそれは以前のカロンの事件がポレには印象深く今でも鮮明な場面が記憶に残っている。

「カロンですよね。訶論《かろん》皇帝はガニメイドに脳を食い荒らされ無垢な状態になりハールーン・ラシド教皇となった。しかし体内のカタマイトとの関係がうまく築けずカタマイト、ガニメイドも行方不明となり失意のうちに計画を中止し帰っていった」

「あれには驚いたね。わたしはハールーンに変わったカロンがカタマイトの作用でいろいろなものに無関心になり、考えを深めとんでもないことを思いつくのではないかと思っていた。あのときハピが現れたのもカタマイトとハピが呼び合っているのかと思ったがそうでもないようだ」

ポレは改めて鶯梅殊の発言から、彼がいかに政治的な人間かを認識した。自分だったら、ハールーン・ラシド教皇の無為の余生をある意味うらやましく思いたいが、まだまだ世の欲望から離れ切れない自分は無理だろうと思った。しかし年老いた人生のひとつの理想が全てに惑わず自分自身の思いだけで生きてゆくことならば、すでに結論は出ている。そしてすでに自分は年老いて、決断さえすれば本当に自由に生きることができると思った。このことを後ほどクリスと話してみようと思った――忘れないように。最近は何かを思いついてもすぐに忘れてしまう。そして実は自分よりもクリスの方がずいぶん年上なのだ。

「ああ本命がいらいらしているかもしれないね」鶯梅殊が呟いた。そして小女に桃英に伝えるよう命じた。

桃英ははにかんで見える目の表情のままポレの前に姿を現した。左手を小女の肩に掛け、丁寧に別れの挨拶をした。腰からゆっくりと曲げるお辞儀は身体のしなやかさが強調された。鶯梅殊は「では」と言って後ろ向きに姿を消した。

「ずいぶん遠くまで行かれるのね」

「最後の旅になるでしょう。無事帰って来ますよ。このままあなたに再会《あ》わないで終わってしまう訳にはまいりません。あとクリスさんの希望もあるのです。私は彼の居た『神殿学校』を見てみたいし、彼には思い出を確かめてみたいこともあるそうです」

「クリスさんは馬車の中？」

「はい。呼びましょうか？」

「いいえ。あなたにだけお話ししたいことがあるの。必要があったら、あなたからクリスさんに伝えてください。旅の時間ずっとご一緒なんでしょ。あたしはあなたがご存じのとおりこんなことをずっと若いときからやってきたの。男の人の役に立つ、気持ちの良い思いをしてもらう。と言えばそれで納得するわ。でも、なぜそういうことが喜ばれるのかしら、て考えたとき、これは世の中の構造をなぞっている、って分かったの。女のために何かをする、女がありがたがる何かをする、という男は確かに居るわ、でもほとんどの場合そういう男は地位の低い男ね。そんな男は相手が女であろうと男であろうと奉仕することが仕事になっていると思うの。男の人っていっぱい自分のものをまき散らし後は知らん顔っていうことが多いみたい。逆に女は男から頂いたものを大事に守っているの。何のことかわかるでしょ。世の中も自分のものを際限なく分け与えるやり方と自分はこれを大事にするのだ、とひとつのものを丁寧に時間をかけて育てるやり方があると思うの。ともかくたくさんと少なく。片方は細かいことを考えずにたくさん広める手段。もう一方は大事に丁寧に育ててゆく、このふたつに分けて考えるようになったの。

それから男の人っていろいろ工夫した物がお好きね。新しい道具や飲み物で快感が高まると思っている。でもね、そんなものより、相手を思いやる本当に好きな気持ちを相手が持っていて、ちょっとした態度や言葉でそれが分かったら、その方がずっと快楽が高まるわ。自分のことだけを考えてしまうのは仕方がないことなのかも知れないけれど、ちょっとした思いやりで、いろいろなことがより楽しくできるのよ」

ポレは静かに聞いていて、桃英の言うことは実にもっともなことだと素直に認めることができた。こんな身体になる前の自分はたしかに、興奮して欲望が高まったときは自分の欲望の処理が何よりも重要なことになってしまって（まさに『緊急を要する』事柄だ）相手のことを思いやる余裕がなくなってしまう。おそらくポレの去勢はその罰だと考えるのが正しいのだろう。

「これは女が言うべきことではない、と承知しているわ。でも一度言いたかったの、気に障ったらごめんなさい」そう桃英は言い終えて微笑んだ。

ポレは桃英の左脇に右腕を通し、彼女の右肩に左腕を乗せ、抱き寄せた。そして右耳に口を近づけて「ありがとう」と囁いた。

桃英の左腕に力が入り、ポレの右腕が固定された。「またお会いしましょう。きっとね」ゆっくりと桃英が言い小女の肩に当てていた左掌で合図した。小女は後退し少し左方向に身体を向けた。その動きで桃英も左側に向き、ポレは桃英の後ろ姿を見ることになった。桃英は振り返らず静かに馬車の方に進んで行く。馬車の扉を閉めると馬車のなかの暗がりに隠れ桃英の姿は見えなくなった。

ポレが馬車にもどると、クリスが心配そうに迎えた。彼は何か重要な事柄が話されたと思っているのだろう。だからポレは「何もなかったよ。別れの挨拶さ」と言って安心させた。

「そうか、鶯梅殊《おうばいじゅ》が何も言わないのなら特に危険はない、と考えていいのだろう。わたくしは何でこんな決断をしたのか自分でもわからない。神殿学校をもう一度見たくなったのは、記憶が薄れているから、本当はどうだったのか確かめたくなったからです。ずいぶん以前《まえ》のことだから自分が信じている神殿学校の建物や部屋が今はどうなっているのか興味がある。あれらが自分の空想だとしたらわたくしは何も実際には見ていなかったことになるのだろう。全てが実際には存在していなくて、夢のようであったのなら、それはそれで好い。始めの場所をもう一度見られるとは幸せなことだ。生まれ変わるわけではないが、新しい命をもらったような気持ちになれるかもしれない。なにしろ、わたくしの人生はあそこから始まったわけだから、もう一度見て正しい判断をしたいのさ」

クリスは言い訳をしているように見えた。彼の一生にとって、神殿学校は確かに重要であろうが、病院船に監禁されたり、ヴィンコ親方たちと芸を習いながら旅回りをしたときの方が激しい能動的世界で、神殿学校の話をクリスからじかに聞いたときは、静かな休息の時代、対人関係も個人の動きともそんなに激しくなく、内面を豊かにする時代だったように感じた。その時代をクリスはとても重要に感じているがそれを他人に説明するとき、自分の価値観を述べなければならないのが、言い訳じみて聞こえるのだろう。

ポレはクリスからそんな話を聞くのが嫌ではない、物事の感じ方が正直で聞いていて納得できるのだった。

一通り話すと、クリスは黙ってしまった。ポレは馭者が出発の命令を待っているのに気付き、「じゃあ出ようか」と控えめに命じた。

実は馬車は二台体制で、ポレたちの乗っている主たる馬車の後方に、旅に必要なもの、必要な可能性をもったもの、余分の食料、交代の馭者などを乗せた、もう一台の馬車が追従しているのだった。こんなところにもポレの政治的力を見るひともいるだろう。

ともかく、馬車は出発し初日の天気も上々で穏やかで順調な旅を想像できた。

何しろ最上級の材料や職人を役して出来上がった馬車の乗り心地にポレも嬉しい驚きを感じた。ましてクリスも満足しているに違いなく、きっと少しずつでも機嫌が上がり、いつものクリスになるだろう。

それよりもポレを悩ませているのはカルタンの棺である。今も天鵞絨《びろうど》の覆いを掛けてはいるが、すぐ後ろに存在する。これが寝棺に通常入るものなら問題はないと言えそうなのだが、変貌したカルタン師の死んではいない（確かに）身体が入っていて、いつでも棺を破って（？）動き出す可能性があるのだ。

そもそもカルタンを連れて行くよう要望したのはクリスであり、その心情を察すれば尤もなことと思われるが、つねに後方を気にしなければならない旅は改善が必要であろう。

クリスのカルタンに対する思いは特別なものだ。何しろ神殿学校しか知らなかったクリスを連れ出し外にはそれこそ限りない可能性を持った世界があることを示してくれたのだ。もしカルタンが何らかの原因で神殿学校に来られなかったら、さらには来てもクリスを選ばなかったら、クリスは多分一生をあそこで消費してしまったのだろう。

しかも快く暮らせはしなかっただろう。（クリスの思い出を聞くと）一本の草を見つけて、毎日それに話しかけたという挿話は今もポレの心に残っている。

もしかしたら――とポレは考えた。――クリスはカルタンの身体をカタマイトともども神殿学校に葬るつもりではないのだろうか、と。

馬車は快調に走っている。後ろを見ると後続の馬車も同じ調子で追従しているようだ。この燕邑《えんゆう》から神殿学校までの道をポレは知らない。ただ、ずっと北東の方の山の裾野から道は通じているが、それ以外の場所は険しい地形に阻まれて神殿学校に行くことは不可能になっているそうだ。こういうことに興味があるのならかたわらのクリスに聴くのが良いのだろうが、おそらくクリスも幼いときの初めての旅は具体的な地名も知らないしその方面の知識もないのだから、明快に旅する者の欲求に応えられはしないだろう。

ポレはかたわらのクリスの顔を見た。不機嫌そうには見えない。そろそろ話が始まるかもしれない。最初は短い言葉から……。

「ポレさん」

ポレはしてやったりとクリスの方を見た。クリスはこんなことを言った。

「ポレさんは神殿学校に行かれたことはありませんよね。燕邑からは遠いですし、だいたいご用がありませんものね。で、今回出かけようと思われたのはなぜでしょう」

ポレはわざと無愛想に「興味があったからだよ」と応えた。

早速察したクリスは言葉を改めた。

「神殿学校の始めの記憶がはっきりいたしません。よほど幼いころでわたくしも知性が鋭い方ではありませんから、出来事の順序が不明ないくつかの思い出の光景があります。谷間の抜け道に咲いていた花の話をいたしたかもしれませんが、花が咲くといいな、と思っていたことを、咲いた花を愛でる光景に代えてしまったとしてもわたくしのようなぼんやり者はやりそうなことです。そんなに違和感はありません。ポレさんがよくある間違いを笑って許してくださるから、わたくしなどが今も生きていられるのです。その上面白がったりなさって……」

「神殿学校以前の記憶はあるの？」

「あるような、ないような。でも不思議なことがありました」クリスは真顔でポレにうったえた。

「わたくしが居なくなったのは周りの人間に大きな衝撃だったようで、毎日近所のみずうみやら森やら、探しに行く人々がおりました。集団をつくって、場所や探し方をあらかじめ計画して探すのです。でもわたくしが不思議だったのは、さらわれたはずのわたくしが、この騒動をよく覚えているということです。わたくしはさらわれた子どもではなく、探す方の立場になっていたのです。わたくしは誰を探していたのでしょう」

「クリスさん。あなたは不思議な方だ。たぶんそれはすぐには解答のでない問題だ。ただ一番可能性のあるのは、あなたがうすうす気付いているように物事の理解の方法に問題があったということだ。さらわれたのはあなたではなかったのだ。でもあなたはさらわれるとしたら自分しかないと思っていた」ポレはこんなことが平気で言える自分に驚いていた。クリスは下を向いて表情を見せまいとしていた。ポレは自分の言葉に興奮してひっこみがつかなくなった。

「鶯梅殊《おうばいじゅ》はあなたには品がある、と言ってました。わたしもその意見に賛成しました。旅芸人の修業はヴィンコ親方の元でなさったと聞いています。本来のあなたが習うような事柄ではありません。そしてその方面の才能もわたしは感じませんでした。これは誹謗《そし》っているのではありません。品格のある方で旅芸人の芸が身に付いてない（長い間修業したにもかかわらず）。これがあなたの素性《すじょう》を示しているのです。そしてヴィンコ親方が率いる『ほとんど全てを見た者たち』はそのことに気付いたのです、あるいは彼らが仕えている誰かから、知らされたのでしょう」ポレはここで言葉を切った。

「わたくしを創って何になるのでしょう。他者の意味付けなど、あいまいな自分を決めようとする行為に過ぎません。わたくしなど瞬時にして変化する仮の仮面です。薄い布で作った仮面をたくさん被っていて、次々に脱いでさまざまな顔を見せる芸がありますね。わたくしは性格とか個性とかを聞くとあの仮面の芸を思い出します。たったひとつの本当の顔なんてありません。布の仮面を被っているからだと思っているかもしれませんが、あれは芸にするため手続きを増やしているだけです。結局は仮面なんかなくても同じことが言えるのです。たったひとつの真実なんてないんだ、と。わたくしだって同じ主張をいたします。わたくしのたったひとつの正体を見つけるなんて不可能です。わたくしは毎日、いや刻一刻と変わっているつもりです」

　ポレはクリスが反論するのに驚いた。

　ポレの知っているクリスは、ひとから言われたことは素直に聞き、反省すべきことは反省し、たとえ相手が間違っていようとも表立って反論することはなかった。

　今回のことは、よほどクリスの気に障ったのであろう。その理由を考えてみると真実に近いからだと言わざるを得ない。ひとは自分が気に病んでいることを指摘されると怒りで反撃する。クリスはそんな傾向を見せたことはなかったが、積み重なった年齢もあるし、何といっても師であるカルタンの変容がクリスひとりでは受け入れられないほどの出来事であったのだろう。

　同情すべきことである。

　そう考えても気になることがいくつかある。鶯梅殊と話したことでもあるのだが、クリスはとてつもない背景をもっているとも考えられる。まずヴィンコ親方の旅芸人たちは実は旅芸人とは仮の姿で、どこかの王、および王家の命で特殊なことを行う工作員の疑いが強い。ひょっとしたら、クリスがその振る舞い態度から高貴な出身と疑われる点から、この王家の出身あるいは深い関係を有している可能性もありそうである。また、仕事をしている様子がないのに燕邑の港に近い利便のよい場所で暮らしているのも、その収入や蓄えからは想像できないことである。

クリスに対する詮索はこのくらいにして、馬車の外に目を移せば、そこはまだ燕邑のなかで、クリスにも馴染みのある路地である。町で出会った日常のことを話し、つまらないことでもふたりとも知っている店や人を話題にすることでクリスの機嫌が直っていった。

と言っても、ポレはひとの感情に対するこちらの望ましい態度がわからない。相手の今の機嫌がわからないときは、とりわけそれが気になってしまう。この人は今不愉快な気持ちで自分の言葉を聞いているかもしれない。あるいは不機嫌そうな表情をしているが、これがこの人の癖で実は面白がって聞いていることは確かだ、などと想像はする。あるいはわからないと割り切って自分の思ったままに意見を言い、それに対する否定的な反応があっても、自分の本心を表明できたのなら、その訂正を考える必要はない。しかし、機嫌が良いに越したことはないので、そのために嘘を言うこともやぶさかではない。人も自分のように、気遣って相手をしてくれれば善いが、その態度が高じて窮屈に思うこともある。難しい。

高波が収まり普通の波に変わったように、ふたりの間にあった不穏な雰囲気は消えつつあった。長年の付き合いの賜物のひとつであろう。

ポレは気付かれないようにクリスを観察していた。顔の表情が穏やかになったように感じられた。本来は先ほどの無礼な言動を謝ることから始めるべきであるが、その件に触れることで思い出されるのも逆効果だと考えた。そしてこれから行く神殿学校のことを話題にしようと考えた。

「神殿学校にはどのくらいいらしたのですか」とポレ。

「ずいぶんいました。しかしカルタン神父に誘い出されたときも、本当に子どもでしたから、ヴィンコ親方たちと世界を回った期間のほうが長かったかもしれませんね。さらに病院船では時が止まってしまったように感じていました。閉鎖された世界で過ごすのは骨が折れます。外が見えるかどうかでずいぶん違います。病院船は病院にいるのでは外がほとんど見えません。船の上に大きな建物を乗せ、そこが病院なのです。あんな大きな建物のなかで、何が行われていたのかは知りませんが、碌なことは成されていなかったでしょう。わたくしは言っていることや行動が変で人々に危険がおよぶと考えられて、あそこに監禁され迷惑をかけないようになったらしいのです。閉じこめられていましたから、当たり前ですがね」

クリスがそこまで話したとき、後ろに置いてある寝棺が揺れた。道の凹凸が町から離れるにしたがって酷《ひど》くなったのでその所為だと思ったがそうではなかった。

馬車の揺れではなく、棺自体が動いていたのだ。……自信はない。

棺の蓋はたぶんネジで止めてあるはずだが、昏い馬車のなかでも、それは見て取れた。

クリスの顔は真っ青になっていた。昏い馬車のなかでも、それは見て取れた。

（カルタン神父の生命は別なものになろうとしていた。その過程の苦しみのとき、彼は暴れた。そして肉体の変化が起こったあと、それを定着させる静止期間が訪れた。そこではカルタンは眠っていた。死んでいるようにも見えた。しかし注意深く見ると静かな息をしているようだ。

剝製の店に運びこみ、自動人形にしてほしいと注文した。しかしそれは手続きが複雑になるわりに効果が認められない場合が多い、と言われ結論として操り人形に変更された。操り人形になったけれども、少しも良いものではなかった。これなら、動くからくりなど不必要だ。老人の神父の操り人形を楽しむ人がいるだろうか。）

クリスはカルタン神父の現状をこのように説明した。視点が混乱している部分があるが（特に後半）これはクリスが当時カルタン神父の助手をしていたシグルという男から聞き取ったものだ。人の話を一連の文章にすると、その行動をとった当人の意志が問題となる。それを類推して勝手に書くわけにもいかない（しかしそういう文章は少なくない）。そのときの思いをわざわざ述べるひと（こう思いながらやったのですが）もいるが、そういうひとは何か主張したいことがあるのだろう。人は行動しているときそのこと自体をあまり考えていないことが普通である。

　クリスは先ほどのポレとの議論から、単なる良い人ではいられなくなった。今までは、周りに振り回されて過酷な運命を生きてきたかわいそうな老人という仮面をかぶっていた。しかしその老人は狡賢《ずるがしこ》く何事も知ったうえで行動していたのだった。

　ポレは今まで貴重な美しい動物のように思っていたクリスが急に俗っぽい卑劣な醜い老人に変わったような気持ちを持ってしまった。

「クリスさん。わたしはあなたと会い話すのが何よりも楽しみな時間だと思っていました。しかし今は違います。あなたの言葉が信じられないのです。どの発言が嘘で、何が本当か、そんなことを詮索する気もありません。わたしの認識が変わってしまったのです。こんなことを言うべきではないことはわかっていますが、こんなわたしの気持ちを元に戻してくださいませんか。昔のわれわれが関係の良い時期に戻ることを切望しているのです。わたしが気分を害したのはあなたの発言からです。でしたら、あなたの新しい発言で以前のわたしに戻してください」

　クリスはさすがに困った様子で、下を見たままで口を開いた。

「いろいろな経験がわたくしを変えました。神殿学校、カルタン師の教会、病院船、ヴィンコ親方の旅回り劇団、燕邑でのひとりの生活、そうひとりになりたかったのです。知らない人、言葉の通じない人、言葉は通じても生活がかけ離れ通じない人、通じる通じないを考慮に入れること自体が無意味な人、わたくしはそんな所ばかりで暮らしてきました。神を敬うことを同じように天命と考える人々が実はいかに異なっているか、病院という人を治す場所がいかに人にとって悪い場所か、そんなことを経験して生きて来ました。それぞれの場所では、それぞれの場所にふさわしい言葉や言い方があるものです。だから一貫したしゃべり方ではなく、それぞれの場所で異なった態度をとってきたことが災いしたと思います。その場所での話し方はその場所の全て、良いところも悪いところも含んでいます（特に悪いところとわたくしは申しましょう）。しかしながら、ポレさんと話すときは、そんな周囲のことは気にしないで自由に話すことができたと思います。そして大切なのは話題も自然と出てきてそれもわたくしの好む話題でした。特別な場所ではなく何かを意識することなく、ポレさんとお話しできたのです」

クリスの主張はポレにも理解できた。他者との意思伝達をもともと得意としていない同士で、話がうまく通じる人に出会うと嬉しいと同時に安心してしまい、その人と会うことが多くなりより親しくなる。そして対応が疎かになりやすいことは、丁寧な会話を常に目指すよう気に留めるべき事柄である。

しかしまだ、カルタンの処理があった。

カルタンはカタマイトが体内に侵入し、おそらく脳を食い尽くされたと思われる。寝棺は密閉されているが、肉体の切れ端や体液などが充満している可能性は大いにある。

こんなことは当然やりたくないので、後ろの馬車に乗っている従者にまかせることになる。クリスがカルタンを連れてきたのは、ふたりと神殿学校は大きな関係を有していることの証《あかし》である。

寝棺が動いたような感覚が先ほどからして、本来なら蓋を開けてなかを確かめるべきであるが、ふたりは躊躇し、馬車を止め従者にカルタンの寝棺を後ろの馬車に移すように命じた。

ポレたちの乗っている馬車の馭者が連絡に行った。先ほどは激しく動いた気がしたが、馭者が馬車をあとにしてからは、寝棺は動かない。

「これは最後を見ることになりますね」とポレが言った。

「ええ、カルタン師《さん》はカタマイトに姿を変えて復活するのではないかと思っていました。今でも期待はあります」クリスが言って、ポレはあらためてクリスとカルタンのつながりがとても強固なことを思い出した。ありがたいことにクリスはいつものクリスのようになってくれそうだ。

駅者が戻ってきた。すぐに寝棺をあちらの馬車に移動させるように人が来ると報告した。

クリスとポレは安堵したが、肝心の寝棺が見当たらない。

ポレは駅者に寝棺はもう移したのか、今ふたりで話していたので、それを見逃したようだが、と訊いた。

駅者はいえ、依頼して戻ってきたばかりですから、いくらなんでも、まだでしょう。と言った。「そんなに簡単に持ち出せるものでもありませんし」

ポレは後ろの馬車に急いだ。馬車の後ろの扉を開けると真ん中にカルタンの寝棺が安置してあった。不思議な気持ちがした。あまりにも移動が早すぎるのだ。誰が運んだのか尋ねるが、誰も名前を知らない奇妙な服装の男が棺を一人で運ぶのを見た気がする、と言った男がいた。

互いに認識のない男がこの場所に居ること自体がありえない。侵入者と言ってもいいだろう。

この男の探索がまずは必要と思われる。そしてカルタンの寝棺は落ち着いてから開くことにしよう。

ポレとクリスは席に着き、ポレは馬車の出発を命じた。

ポレはクリスの言動がもとに戻ってきたように感じたので、これからの言葉に気を付けようと決断した。

「カルタン神父は後ろの馬車に居たよ。棺は閉まっていた。でも誰が運んだのかわからない。知らない男を見たという者もある」

「カルタン師のことを少し話そうか。彼には独特の匂いがあった。誰もがそうかもしれないが、ちょっと強い、ほんの少しだけど、近くにいればすぐわかるような、ある種の鉱物と薬品の匂いがした」

ポレはこれに性的な匂いを感じた。しかし、それがクリスの感覚を良いほうに導くか、悪いほうに導くか予想がつかなかったので、この話題に反応しないようにした。

「わたくしは、ごく幼いころオリエント風の物に囲まれて育った記憶がある。部屋の造りや家具の形や材質それらの物がオクシデントとは違っていた。一方わたくしの瞳や髪や肌はオクシデントによく見られる色だ。そしてカルタン師もオクシデントの人間だ。もしかしたら、カルタンは自分と同類の人間を神殿学校で探そうと思っていたのかもしれない。そしてわたくしを選んでくれたのなら、こんな嬉しいことはない。しかしポレ、わたくしはあなたと知りあい、話をし、こんなに気持ちの合う人はほかに知らないと思った。あなたはまさにオリエントの選ばれた人だ」

先ほどの不和を一掃するようなクリスの発言だった。

ポレは目頭が熱くなった。

またクリスの心理を思って安堵した。

馬車は順調に走っている。景色も燕邑を出たようで、人工物がなにもなく、道も荒れている地域に入っている。見える範囲では人は誰もいない。動物も時々鳥が楔形をつくり編隊を組んで飛んでいるのに出会う程度だ。鳥が集団で飛んでいると、つい見上げ、目で後を追ってしまう。

「どこに行くのでしょう」

「どこかにある暖かい国」

「寒い国は神殿学校」

寒い国といってもセプテントリオではない。そのまま行くとセプテントリオへの道を途中で山の方面に向かって曲がると険しい山道に入り、誰しもこの先の道を不安に思うがそのまま進み続けるとようやく山の中腹に先の見えない下方に陥没した道があり、それをたどると古い大きな建物に遭遇する。それが神殿学校の入り口がある建物である。

　クリスはカルタンに連れ出されたとき、使った道はこちらではなく、もっと開けた場所だったと言った。「教皇庁の馬車が見えて、わたくしはそれが何だかわかりませんでしたが、カルタンさんがそうおっしゃって、その口調に教皇庁を軽蔑している様子が感じられました。大きな立派な馬車ですから、この道をとおるのは無理でしょう」

　ちょうどそのとき、後ろの馬車から車を止めろという連絡が来た。馭者は運転席の扉を開けて後ろの馬車と話した。「この道から引き返せと命令が入っています。二台の馬車では簡単に道路が閉鎖されてしまいます。他の通行が不可能になります。この道幅では馬車の方向を変えられません。後退してこの道を出なければなりません」

　馭者は外に出て馬の手綱を握り誘導した。しかし馬は当然後方には動こうとしない。特別に訓練を受けたものならともかく、普通の馬では不可能だと気付き、馬車から外し、馬は馭者にまかせ、ポレとクリスが馬車を後ろに押そうと思ったが、後ろの馬車から家来たちが駆けつけ、ふたりは乗ったままで居てくれと懇願された。

　言われた通りに席に着くと、馬車はゆっくりと後ろに下がっていった。窓から見ると山の風景が前方に移動し奇妙な感覚を覚えた。

そのときである。周囲の声が急にかしましくなった。と同時に馬車が大きく揺れた。何かが馬車に当たったのだ。

ポレが何が起こったのか確かめようと扉を開けようとすると、外側に人が立って扉を抑えていた。

「危険です。頭を下げて、できるだけ姿勢を低く」と命じられた。何か世界が変わったように感じた。

ポレが移動するとき馬車の窓枠に矢が刺さっているのが見えた。まだ羽の部分は震えていた。

ふと見るとクリスは席に座ったまま身体を小さく丸め、さらに座布団《クッション》を頭に乗せていた。

「あの馬車からです」と言う声に窓を通して見ると大きな真っ黒の車体をもった馬車が向かい側の山道に止まっている。黒い金属製と思われる膨らんだ本体は銀色の帯状のものが纏わりつき、金色に輝く止め具が等間隔に嵌まっている。

「あれですよ。カルタン神父に連れられて外に出たときに見た教皇庁の馬車ですよ」

クリスが早口で言った。

「馬を守れ」と大きな声が聞こえた。馭者たちは馬車と山の間合いに馬を避難させ馬をなだめ静かにさせた。

教皇庁、あるいはそれを装った者たちがわれわれに攻撃を仕掛けている。これはどういうことなのか？

駅者が手綱を別の者にゆだね、馬車に乗り込んできた。

「一台ですが、明らかに教皇庁の馬車から矢を射《い》ってきます。理由はわかりませんが、重大な謀反《むほん》行為です。

少し距離がありますが、神殿学校に退避するのが上策と思われます」

ポレは怪我人や損傷はないことを確認すると、その策の実行を命じた。

しかし、突然二回目の攻撃がはじまった。前回よりも数多くの矢が、降ってくるようにこちらに舞い降りてきた。驚いたことに火が付いている矢もあった。後ろの馬車（今は細い道から先に出られる前の方に位置するのだが）により多くの火矢が命中し、どうやら燃え始めたようだ。

あちらにはカルタン神父の入っている寝棺があるのだ。あれを燃やす訳にはいかない。窓から敵の馬車を見ると、荷台の並んで付いている覗き窓から火の付いた矢が次々と放たれている。

だが幸いなことにこちらの馬車は何とか後退し、矢の届かない場所を占めることができたらしい。

敵の金属馬車の攻撃はもう矢を射ってこなかった。ポレたちは狭い道を大変な苦労をして、いつまた攻撃があるか心配しながら後退に成功した。後ろの馬車は小火《ぼや》を消し止め、カルタン神父の棺も無事だという報告がはいった。

そこで全員ポレの車両に移り、今後について話し合いをはじめた。

結論としてはやはり神殿学校に退避し、そこで情報を収集し、方針を決定する、ということになった。

次に心配になるのは神殿学校の現状である。ポレは自分とクリスがまずはふたりだけで行き、様子を見てくることにした。クリスを知っている教師は年齢を考えると存在しないと思ったほうが良い。しかし、クリスはいろいろと覚えているだろう。それが役に立つことを願いたい。

馬車の使用は最低限に留めておきたい。あるところまで馬車で行き、ポレとクリスは馬車を降り、ふたりで神殿学校に行く、その間馬車は馭者に世話をさせておく。適当なところでふたりは馬車に戻る。それは危険になったときでも、そうではないときでも、馬車が待っていることはいろいろと助けになるだろう。

だから、馬車と馭者がふたりに加わることとなる。

それにしても、教皇庁の馬車がポレを襲うとはどのようなことが生じたのであろうか。

願わくば、あの馬車は盗まれたもの――そうヴィンコ親方の一味のような連中が盗み、教皇庁関連の者の仕業と見せかけるためにやっているような行為――であれば。もしそうだとしても、その行動の理由がわからないが。

神殿学校はそこの生徒が教皇庁に入ることをひとつの目的としているように、養成機関と言える。

いままで考えていたが、あの教皇庁の金属製の馬車はポレを敵として攻撃したのか、それとも馬車の形態に、何か本性を現すようなものがついていて、それを見て攻撃してきたのか、そうならば、あの馬車の制作者に何か意図があったのか。これらのことも具体的な見当もさっぱりついていなかった。

神殿学校に入るのははじめてだが、この計画はずいぶん前から考えていたので、馬車を新調しているうちに、鶯梅殊《おうばいじゅ》が通行証のようなものを手に入れてくれた。不定形の革の巻物で神殿学校の紋章らしき押印が施されている。手を放すとくるくると巻き戻ってしまうので見るときには指で押さえていなければならない。それらしくできている。おそらく本物だろうが、鶯梅殊はこういう物の偽造は得意にしているので、とんでもないことも起こり得《う》る。

心配なのはクリスである。落ち着いてきたとは言え、まだ不安定なところがあるので、神殿学校に入ることで昔の記憶が甦り異常な言動を起こさなければいいのだが、とポレは思った。

そう思いながらも、逆にクリスが落ち着いていて、ポレ自身が何かとんでもないことをしてしまう予感もするのだった。

その前に、そもそも神殿学校に行く意味がわからなくなってきた。

おそらく最初にクリスが神殿学校が懐かしく、もう人生が終わりに近い今（思い出してみれば、クリスはこんな事ばかり言っていた）、もう一度訪れてみたい場所だ、と言っていたのだ。何か神殿学校を敵と見做し、そこで暴力的なあること（例えば誘拐）、犯罪と認定されるようなこと（古文書の持ち出し）をする、というわけではない。極限すればただ思い出に浸りたいがための行動なのだ。ポレはこのように解釈した。だから、ふたりは神殿学校に行き、革の通行証を見せ、学校内に入り、案内を請うなり、勝手にできるなら、見て回ったりすれば、あとは本人の満足度次第だ。

そのように考えを整理し、実行は翌日朝と決めた。

ところがその夜、とんでもないことが出来《しゅったい》した。

真っ暗なまだ明け方にはなっていないが、日の出の方向の地平線は赤く焼けていた。まさに朝焼けか。そのころ、馬車の前方でちょっとした騒ぎがあった。その音や会話でポレは目を覚ましてしまったが、大きな馬車がいつの間にか、ポレの乗っている馬車に横付けしているのだ。場所は街道から離れたちょっとした空き地で、大きな木が繁っているので、あまり目立たないと思い、止まっていた。

横付けしている大きな黒い馬車の馭者がこちらの馭者と話をしているらしいが、深夜ならではの気遣いで声を抑えているのが、逆に子音が目立って聞こえてくる。

ポレは思いを定めて運転席に行くと道化師の服を着た男が居る。この男は確かカルタンの寝棺をひとりで運んだと言われている男だ。

その男が言った。奇妙な遠くからの言葉のように声が聞こえたり聞こえにくかったりした。

「ああポレさん。私はあまりあなたに姿を見せてはいけないのです。ですからもう失礼しないと。ああ奇妙なことになりますと、お互い困りますから。逆にこんな格好していても、私だと知らせたい人もいて、そのためにこんな服を着ているのですよ。ピエロの格好をしていたら私ですからね、と言っておいた甲斐があってこの馬車に乗せてもらったのです。ああ、ほんとうに失礼いたしますよ」

この男がポレの名前を知っているのが不思議だったが、外を見ると横付けにしている大きな馬車は確か、『ほとんど全てを見た者たち』と自称していたヴィンコ親方の旅回り劇団の馬車ではないか。

そのころになって、クリスが奥から運転席にやって来た。

「誰か来ていたのか？」というクリスの問いにポレは「あなたが居た劇団『ほとんど全てを見た者たち』の馬車が外に止まってるよ」と教えた。

クリスは表情を変え、外に出ようとした。

「ちょっと待った方が良い。また攫《さら》われてしまいますよ」と言ったのは本気で心配してのことだ。

こちらの声や動きを聞きつけたのか、ヴィンコ親方と先ほどのピエロの衣装を着た男が馬車から降り、こちらに向って来た。

クリスは「ああ、こちらに来る。何の用事なんだろう」と独り言のように呟いた。

ポレははっきりした理由は挙げられないが、劇団は神殿学校に入りたくてわれわれと接触しているのではないか、と考えた。そして、われわれを攻撃してきた教皇庁とは旅回り劇団は多分一線を画していると今までの言動から思われることは、安心できる要素だと思った。もっともさっき考えていたように、あれを教皇庁の本気の攻撃かどうかはわからないが……。

ふと見るとヴィンコ親方と一緒に歩いてきたはずの道化師姿の男は消えていた。

親方ひとりでこちらの馬車に来ると「クリス、ひさしぶりだな元気か?」とざっくばらんな調子で挨拶代わりの言葉を言った。

「奇妙な場所で会いますね。私たちは明日の朝、神殿学校に行く予定ですが。親方は学校になにか用事があるのですか?」とクリスが問うた。

「ああ、連れてってくれなんて言わないよ。そうそう従者に聞いたけど、教皇庁の金属馬車が向こうの山道から矢を射てきたそうだね。大丈夫だったそうで、なによりだよ。それにしてもどういうことだろう。ひょっとして、神殿学校で反教皇庁の動きがあるのかもしれないね。となると、神殿学校の訪問は中止になる可能性もあるね。逆に神殿学校に無事入ることができたら、危険な動きはないということかもしれないね」

「親方。なにか知らないかな?」慣れているような口調でポレが訊いたが、どこか似合ってはいなかった。

ヴィンコは首を横に振ると「何も知らない。何も聞いてない」と応えた。

「それじゃあ」とポレが言った。「あなたが仕えている人物がいると、聞いたのですが」

「何も秘密になんかしていない。ある王さまですよ。ただどこの王さまかは言えません。今のところはね。その王さまはとても特別な方で、王さまというだけで特別ですけど、それに輪を掛けて」とヴィンコは人さし指で耳の上を指さして、『こちらがどうも壊れているようで（これは昔からで、私たちへの命令をお聞きになればおわかりでしょう）、最近こんなことをおっしゃるのですよ。『神殿学校を見詰めよ。凝視せよ。新しい神が顕れるぞ』」ヴィンコは紙に書き写した文言を間違えないように読み下した。「どう思われます？　教皇庁としてはこれは放っておけませんね」

「私はよくは知らないが、救世主は何をきっかけに現れる、とかの類いの言説がありますよね。今のはやりは何かあります？」

「そう、ああいうのは後から付けますからね。赤い星が現れたとか、普通ではない病気が流行《はや》りはじめた、とか同じ顔の男の子が同じ服を着て大通りを行進した、などと何時《いつ》もと違うことが起こると、あれが合図だったなんて言いますが、みんな後付けですし、何も起こらなければ前兆なんてきれいに忘れてしまいますよ」

　クリスも話を笑って聞いていた。「新しい教皇が誕生するとか、ではなく神殿学校に神が顕れるというのは初めての説ではないのかなあ。その後どうするのか知らないけれど教皇庁の権威が失墜するとは思わなかったのかなあ。でも神殿学校に神が顕れるとは、どんな風に顕れるのだろうか、天から降りてくるのがわかりやすいが、仕掛けが難しい。ああ、いけない。私は計略を考えてしまっている」

　誰もが神に会ったことがないのに、初めて会った人はなぜ神だとわかるのだろうか？　という問題を出した哲学者がいたが、この人は多分神の存在を信じてはいない人だ。世界のすべてが神だという人もいる。神と言われると、人間の形をした『自らに似せた』高等生物を思ってしまうが、そこから抜け出せば、神は自然のすべてであるし、風や雨や雪、人間も神の一部と考える方法もある。そう全体が神なのだ。神の説明にあまりにも立派なことを書いてしまったので、とてもこの世を創った者には思えない（不完全なこの世界）。その神を表す表現を素直にとれば、やはり壮大な自然になるだろう。

　そのころ、後方支援馬車の乗員がやって来た。

「ご存じでしょうか。神殿学校目指して教皇庁の馬車が多数向かっているという情報がありま す。意図はわかりませんが、本日の午後矢による攻撃を受けたことから、注意深く待機し場合によっては逃走路の確保が必要かと思われます。今の内なら問題なく離れられると存じますが、早い決断が望まれます。

　それから、支援馬車に安置されているカルタン神父の寝棺から、物音、生物の呼吸音のような音が聞き取れます。また、この近くの川にも巨大な魚が複数見られるそうです。

多岐にわたる問題が一気に生じてまいりました。わたくしども協力を惜しみませんので、指揮をお願いいたします」

結局、神殿学校には入ることはできず。このまま退却の憂き目を見るのか、と思っていたが、それは余裕のある考え方で、本当に危険な状態に追い込まれていたのだ。

何から話そうか、そう、まずはカルタン師のことだ。もはやカルタン師とは呼べない食料と化した師を主語にするのはふさわしくない。カルタンに取りついたカタマイトは、おそらく祈りの島《インスラ》のものだから、インスラのカタマイトと呼ぼうか、長々しいがしかたがない、良い呼び名を思いついたら代えるつもりで。

後方支援馬車にその棺があり、新しい命を得た証拠になかで生物が動いているような音が聞こえる。

驚いた関係者はポレとクリスに報告し、すぐに棺の蓋を止めているネジを外したそうだ。現れたのは小さな人間のような生物、しかもカルタンを侏儒化したような様子でもちろん裸体である。人間で言えば、幼児（二、三歳の大きさ）でものを言えるという。

何を言っている、ポレが聞く。

「意味のあることではありませんが、言葉の断片です。言葉にはなっています。自ら動けますが、蓋を開け光が入った所為か、攻撃性は今のところありません」関係者が答える。「内部で人体を食していたようです。それも奇麗に、ではありません。残留物がずいぶん存在いたします」

ポレはそのインスラのカタマイトを奇麗にし丁重に扱うように命じた。

教皇庁のものと思われる鋼鉄馬車はポレたちを攻撃したものも含めて全部で三台、この山道での身動きは難儀しそうだ。しかし、馬車だけではない、教皇庁の独特な乗り物もある。これには以前、海岸で遭遇したが、この山道には能力を発揮するだろう。

しかし、ポレはもう少し山道を進んで神殿学校が見えるところに行ってみたくなった。先ほどは攻撃を受けてしまったが、教皇はポレを敵として見ることはできない筈だ。なぜなら、ポレは娃柳《あるる》と名乗っていたとき、ハールーンの間違いによって結果として去勢され、名を宝苓《ほうれい》と代えたからだ。そしてそのハールーンが今は教皇になっている。ポレに謝罪以外の何ができるというのだ。

クリスも脅えながらも、興味は深かった。日の出まで休んで、馬車は馭者に任せ、ふたりで徒歩で神殿学校の見えるところまで行こうと決めた。

カタマイトは閉鎖された場所から出され落ち着きつつあった。

彼は数日かかって、カルタンの身体の重要な部分（脳に代表されるが、それだけではない）を自分の身体に取り入れ、知識や感性を得、新しい生物となった。彼は意識に似たものを持ちつつあった。それは欲求の形にはなりきっていなかったが、何かが足りない、という目が覚めたときの喉の渇きのような焦燥感が彼を包みその違和感が主体をもたらした。

棺から解放されたインスラのカタマイトは明け方、目を覚ました。何かが足りないという感覚にせき立てられ手足を使って馬車を出た。そこは土と草の強い匂いがした。遠くに目をやると、月の光が大きな建物を照らしている。あそこに行きたいが道はない。誰かが抱き上げて連れていってくれれば嬉しいが、でも何故行きたいのかわからない。たどり着いて何かが起こるかもしれないが、たぶん起こらないと思っていた方がましだ。自分の知らない自分の目的があるらしい。それは正確に言えば誰かが自分を使って遂げたい目的だ。

自分はそのように他人に使われる道具で、自分がどうしたいという思いも本当は自分の思いではなく使う人の思いだが、自分の思いと考えればやる気も出てくるからこうなっているだけだ。それは錯覚にすぎないことは心の底ではわかっているつもりだが。

こんなことは瞬時に思い至ったが、それは初めてのことではないからだ。

私はいくら人の脳や肉体を食べてもその人を含んだ私に成れない。元の持ち主の自己はどこにあるのだろうか。そもそも自己とは何だろうか。

誰かが後ろから近づいて「カタマイト」と声に出した。「カタマイトはどこに行きたいんだ。馬車にいるのは飽きたんだろう」

カタマイトは指さして「あそこに行きたい」と言ったつもりだが、言葉にならなかった。男は首をひねっていた。しばらくして、「あっちか。向こうの山ね。あそこには神殿学校がある。大きな建物が見えるだろう。ああ、あそこに行きたいんだな。良い選択だよ。馬車にはおまえの居場所はないかもしれないが、あそこなら、神殿学校ならあるよ。面倒だが、連れてってやろうか。変なことをするんじゃないぞ」

男はカタマイトを肩に乗せ、谷を降りて行った。谷の底には意外と大きな川が流れていた。「さてと、どうやって渡ろうか。飛び越すには広すぎる。橋は見当たらない。探せば橋の替わりになる木切れ、舟になるものがあるかもしれない」男は老人のような落ち着いたゆっくりした口調で独り言を言っていた。川面を隠している長い草を持ち上げ岸辺を露《あらわ》にしながら観察して行くと、まさかと思ったが極めて幅の狭い、しかし長さは長い船を見つけた。いわゆる〈快速艇〉という種類だろう。

「ああ、良いことをすると、良いことが返ってくるというのは本当だな」

見つけた舟は古いものらしいが、このくらいの川幅を渡るには問題はないだろう。壊れていても縦にすれば橋として使えそうだ。

男は――後方支援馬車の乗員で、これが初めての仕事だった。本当はこんな兵士まがいの役職は苦手なのだが、カタマイトに興味があったので、自ら望んで参加した。カタマイトが老神父の体内に侵入し、そのままの状態で棺に密閉された、と聞いていたのだ。しかし宝苓の邸宅に行ってみると、ひとりだけ突飛な服装をしている男がいて、彼も宝苓の神殿学校までの旅に参加するのだという。とても気を引いたのは彼の服装である。太い縞柄の上下に先の尖った丸まった靴を履いていた。奇妙な帽子もあると言っていたが、見たくないので断った。思うに旅の途中の無聊を慰める演芸でもやる男かと思っていた。しかも時々わからない言葉を使うが、変に状況に合っていて、評価が軽蔑から歓心に変わったりもした。

旅行中に同じ馬車に乗っていたが、ほとんど実のある話はしなかった。居たかと思うと次の瞬間に消えてなくなり、また二三日すると突然現れる。

そんな男と顔だけの知り合いになったが、こちらに着いてからはとんと見かけない。変わっているが、とても有能で知識も深遠な部分があったので、また会ってみたいと思っていた。

この旅の主催者である宝苓そしてその友人の神殿学校に居たことのあるクリスたちも、向こう側の山にある神殿学校に行きたいと思っているから、今の発見を知らせなければ、と男は思った。

相変わらず肩にカタマイトを乗せ（こうすれば両手が使える）、快速艇を草に隠し、この場所がわかるようにと草を結んでおいた。

そして無事にあのふたりと会い谷川で見つけた舟の話と隠しておいた場所を説明した。

カタマイトは疲れて不機嫌（このあたりは人間の赤子のようだ）になっていたので、支援馬車に連れて行き、しばらくここで休むよう勧めた。

宝苓とクリスは、これからゆっくり出発すれば、その谷川に出るころには、だいぶ明るく暖かくなっていることだろうと考え、またこの男もよかったら（カタマイトのように疲れていなければ）一緒に来ないか、と誘ってみた。男は了解し、カタマイトを見張っている役割を誰かに頼みたいと思って、ちょうどその時どこからか戻ってきた、例の道化師服に頼んでみたら、快く同意してくれたので、宝苓、クリス、そして舟を発見したこの男を加えた三人で行くことになった。

川に置いておいた〈快速艇〉は結局、橋として使うことになった。

川に沿って歩き、少しでも川幅の狭い場所を探し、そこに舟を持っていこうとしたが、山からの流れが速く舟は圧《お》されて半回転し速度を上げて流木や枯草、壊れた車輪などが蟠《わだかま》っている川の湾曲部に船首を突入させてしまった。

この事故は好都合をもたらした。船首が向こう岸に接し、川中にある雑多な物と組み合わさりある程度固定される結果になった。つぎに三人は船尾を棒や櫂などを使ってこちら側の岸に近づけ、手ごろな所にある榛《はん》の木の幹に綱で縛った。

そこからこちら側の山を登り、神殿学校の入り口の層にまで進んだ。そこまで行くともう山道ではなく、広がった平らな地に神殿学校の回廊が緩やかな曲線を描いて続き、舟を繋いだ川もずいぶん高い位置になり、川の流れも一段と激しくなっていた。

「こんなふうになっていたのですね」クリスは感慨深げに洩らした。「外に出てはいけない訳ではありませんが、この通り出ても何もありませんし、乗り物がなければどこへも行けません。このままここで一生を終えるということを考えずにはいられませんでした。しかしそんなことを考えてしまうことによって、より苦しい時間が増えてしまいます。カルタン神父がいらして、どうやらわたくしを連れ出してくれるらしいと教えられたとき、あんまり嬉しがると、全部がダメになってしまいそうで気が気ではありませんでした」

あきらかな老人の口から漏れる少年のような感慨。宝苓はクリスが羨ましかった。

「誰も見えませんね」屋根付き柱廊《ポーチコ》を軽快に歩きながらクリスが言った。「このまま入れば良いのかな。入られるのかな」

宝苓はクリスの言動を微笑みをもって見ていた。

クリスは神殿学校の扉を開きひとりで歩いていった。

確かにこの通路は歩いたことがある。しかし覚えているのは、今のように入るのではなく(最初には入った筈なのにそれは覚えていない)出て行くところだった。不安と嬉しさで満たされていたので、他のことはあまり考えられなかった。そばにはカルタン神父が付いていて、初めてのことだと知っていたから、何かと世話を焼いていた。それをうるさく感じた。

今、周りを見渡すと、どこにも火はなく、窓も高いところに小さなものがあるだけで、とても暗い。儀式のおりに、この通路に灯がともされていたことをクリスは知っている。

それもカルタン神父がわたくしたちを見に来たときの事だ。

まさにわたくしたちは売り物だった。人の目がとどくところではあからさまには行われなかったが、売る方も買う方もその事はわかっていた。

初めて見たり、通ったりするところではないから、以前のその場所での体験が思い出される。そしてこんな場所だから、明るい気持ちの良い思い出は皆無だった。

クリスの記憶によると、この通路は大広間に通じている。そこでさまざまな催し物が行われたりしたが、使われる機会は少なかった。学生が授業を受けるのは二階の教室だったが、多くの道具を使う音楽や技術の勉強には地下室が使われた。

ここまで歩いてきても誰にも会わなかった。静まり返った学校内は罠が潜んでいるように感じられた。きっと何かが出てくるには違いない。〈何か〉は準備をしているのだ。油断を抑える意味もあってクリスはそう考えようとした。

もう少し進むと空気の動きを感じた。廊下の先から風が吹いてくるのだ。地下には部屋があるから、そこから吹いてくるとはじめは考えたが、地下には窓がなかったのではないか？

クリスの視界に地下への階段が入ってきた。躊躇なく地下に進んだ。階段を降り始めると、男の声が聞こえた。複数の男が議論をしている。

——そうは言っても、教皇庁は放ってはおかないだろう。やつらにとってもメンツにかかわる問題だ。誰が決めてもそうは思わない人が居るものさ。人の数だけ意見はあるものだよ。

——統一したいという考えもわかるよ。一方好きな説、というものがあるんだ。お気に入りのね。自分でもうまくは説明できないが、こちらが好いという。

クリスは階段を降りきると、目の前の部屋から議論が聞こえてきた。部屋の扉は開いていて、大きな机を囲んで三人の男らが肉塊を切りながら酒を飲んでいる。

視線が一斉にクリスを捕らえた。

「わたくしここに若いころいた者です」クリスは弁解するように言った。

——それはずいぶん昔のことだ。そのころから神殿学校はあったのだな。

一斉に笑い声が起こった。クリスはこのくらいのからかいで済めば幸運だろうと思った。急いで部屋を間違えた態《てい》で廊下に戻った。誰も追いかけてこなかったし、罵声もあびせられなかった。

その先の部屋には年老いた女だけが居た。炊事場だった。大きな鍋をかき回しながら、女が歌っていた。

——あうれ、あうれ。犬は来たけど猫はこないね。あうら、あうら。井戸の周りで麦わらまいたよ。屋根に登って自分をまいたよ。

クリスを見つけると「爺さん。ここは爺さんの来るところじゃないよ。火を使うから危ないよ。火を使うから」と言っていたが、特に注意を促した訳ではなく、歌と同じような調子で歌っているようで会話ではなかった。

ここの炊事場だけではなく、もう一箇所でクリスを呼ぶ声がした。それは水まわりの衝立（いばら姫の刺繡）から聞こえた。「あなたはクリスさん？　こちらへいらっしゃいな。お茶いかが」

ついたてのはしからボンネットを被った女性の顔が覗いた。「あなたのお芝居拝見したわ。不思議なお芝居！　こちらでお話を聞かせてくれない？」

クリスは話すのも好いかもしれないが、こんな場所で、こんな状況（心理も環境も）では遠慮したい、と考えた。そこで失礼にならないようにと、衝立に向かって詫びを述べその場所から離れた。

クリスは地下室の奥の方に行った。

すると、そこには老人と子どもが一組となって、手をつないで歩いていた。

老人と子どもとが何組もいて、老人はみんな似ていたが、子どもは男も女もいて、似ている子も、似ていない子どももいた。それぞれ子どもが着るような服を着ていたが、老人はさまざまだった。

クリスは自分もあんなふうに老人に手をつながれて、ここにきたのだろうかと思った。そんな記憶はまったくないのだが。

ひとりの老人がクリスに近づいてきて、「ほらわしのカタマイトだよ」と言って連れている子どもを抱きあげて、自慢の子のようにクリスに見せた。カタマイトは顔は皺だらけの老人のようだったが、手足は赤子のような綺麗な皮膚であった。

遅れてきた宝苓ともうひとり、馬車の乗務員（河原で舟を見つけた男）がクリスに追い着いた。

ところが、その男は道化師の服を着ているのだ。宝苓もその男が代わったということに気付かず、ここまで来たのだった。

クリスの驚いた表情を見て、宝苓は隣の男を見直した。「ああ、あなたですか。カルタン神父の棺を移動させてくださった」

道化師の扮装の男は宝苓に「またこの先お会いすることでしょう。お話しする機会は数え切れないくらいあるはずですよ。今日のところはこれでお別れいたしましょう」と言い捨て早足で姿を消した。

あれはいったい何者なのか、『ほとんど全てを見た者たち』の一員なのか、宝苓は彼らと行動をともにしたことのあるクリスに聞いてみた。クリスは首をひねった切りだったが、おそるおそる口を開いた。「あれは不思議な男です。本当のところは全くわかりません。旅をしていたときも会ってはおりません。しかし、バルフという人が居ましたでしょう。孤児なんですけど寒い国の大学で勉強して成績が良いので、タルボットさんに親代わりになってもらって、暖かい国で幸せな生活を送る、なんて言ってました。一時は助祭の勉強をわたくしと一緒にやっていましたが、ともかく飲み込みの早いけれども考えも深いとても優秀な方ですが（話が長くなってすみません）、以前久しぶりに彼に会ったら、話題に出ていた道化師の格好の人について話をしていましたよ。でもどうも取り止めのない話でして、その男はバルフと繋がりがあるらしいのです」

宝苓は思っていることがあった。それは道化師の格好の男は不明のバルフの父親ではないのか、ということであった。事情があって、自分が父だと表明できない男がそれでも息子のことが心配になって、人生の節目節目に息子に会いに来たのではないか？　そういう可能性は考えられないことではないと思った。

確かに、年齢的に不合理ということにはならないのではないか。しかも息子のことを心配し、時々観にくる父親というものも、なかなか好いものではないか。

それを聞いていたクリスはこんなことを言った。

「宝苓さん。わたくしはこんな空想をしました。わたくしの幼年時代のそして少年時代のこの神殿学校で過ごしたときの思い出が、この建物のどこかの小さな部屋に、そう小さくてまるで戸棚にしか見えないような部屋に飾られている光景を。それは神の像のなかにカタマイトの人形が入っているもの、寂しく不安なわたくしが友だちにしていた名も知らぬ花がガラスの密閉容器《カプセル》に入っているもの。つまりわたくしの思い出の品が大事に保存されている展示室です。だがそれは嘘なのです。品物は思い出の展示物ではなく、誰かが用意した単なる〈品物〉です。それらを毎日見ていて、わたくしは物語を捏造してしまったのです。これはいったいどういうことでしょうか、なんのためにこんなことをしているのでしょうか。わたくしにはわかりません。宝苓さんはこの事をご存じですか？」

宝苓は溜め息を吐《つ》いて「それは初耳です。しかし神殿学校は教皇庁の管轄でしょ。教皇庁の年老いた人が教師として赴任することに異論を唱える人はおりません。従ってそういう嗜好の人間が入ってくることは稀有なことではありません。この教皇庁の嗜好はそこに触れた者でないと理解できないことが多いと思います。言ってみれば、彼らは夢想家なのですよ。そして子ども近いと言えるかもしれない」

クリスは少々、軽蔑とも思われる微笑みを残して沈黙してしまった。

宝苓は自分はどこにいるのか、何をしているのか、今後どうすればいいのか、それらのことが理解不能になってきた。ここは神殿学校だ。三名で来たのだが、クリスがなぜか先を急ぎ、宝苓は馬車の乗員とふたりで残され、クリスを探す羽目になってしまった。

しかし、ようやくクリスを奇妙な場所で見つけると、宝苓と一緒に居た男は以前顔を合わせたことのある別の男と入れ替わっているのだ、その道化師の格好の男に訳を聞こうと思ったが、きっと後ろめたいことがあるのだろう、姿を消してしまった。

こんなこともあったのだが、最も意外なことはここは神殿学校、少なくとも以前の神殿学校とは別のものだ。

宝苓がクリスに神殿学校に行ってみようと提案したのはクリスに思い出を語ってもらいたいと考えたからだ。しかし神殿学校が思っていたものと、だいぶ異なっている。ひょっとして今日クリスの見た神殿学校は、以前クリスが本当に過ごした場所と全く違うものなのかもしれない。

クリスにとって懐かしくもない初めて見る場所なのかもしれない。それでクリスは機嫌を損ね、悪い人間になっていったのかもしれない。

それから、教皇庁の鋼鉄馬車の出現も奇妙なことだ。一応、攻撃はしてきたのだが、どうなのだろう。これも目的がさっぱりわからない。

鋼鉄馬車からの攻撃を避けるにはずっとここに居るのが、逃げることを考えれば一番良いかもしれない。しかし、ここに踏み込まれたら所謂〈袋のネズミ〉だ。外に出て異変がなく、逃げられそうならそうしたほうが望ましい。

ここまで考えて来たとき、今は遥か後方になってしまったこの建物の正規の入り口、そちらの方がどうも騒がしくなってきたようだ。

宝苓もクリスも緊張が身体の内側に走ったのを感じた。

わたくしは時間を超える舟の在りかを突き止めた。それは神殿学校の地下を通る川に係留されているという。

その神殿学校とは何か。それは教皇庁で働くために必要な教育を施す学校である。多くはそれ以前の学業成績が優秀な者、容姿の優れた者、諸芸に秀でた者、高位の父あるいは母を持つ私生児、そんな者たちが教育を受け、優秀な者（さまざまな方面において）は教皇庁にあるいは高級な宗教施設に採用される。この物語（『教皇庁の使者』に記述されているクリス（現実から示唆を受けた小説の通例として名前は変更されている）のように神父が自らの主祭する教会にふさわしい人材を得るために訪れ、好感を持たれ採用に至ることもある。

わたくしの手記もこれで三回目である。

最初わたくしは父の残した手稿を手に入れるために寒い国の学校を訪れる、父を尊敬する善き息子であった。

次の回のわたくしは父の悪い友人の謝罪を受け、盗まれた品を返却してもらったが、その上御礼の品をくださるというこの四人組の約束は未だ果たされていない、と訴えた。

そしてこの三回目でわたくしはこの物語に関与することになる。

それは後の話の展開であるが、まずは時間を超える舟の噂の真偽を確かめねばならない。そしてこの舟を手に入れれば、わたくしの誕生前の世界に行けるかもしれない。

かもしれない、と書いてしまったが、わたくしは時間旅行という考えに同意してはいない。

おそらく時間を超えた世界に行くという幻想を抱かせるような舞台装置がこの舟には備わっていて、それが感性、すでに持っている知識に刺激を与えるまるでそこに自分が存在するように感じるのではないかと思っている。だが、試してみなければ、なんとも言えない。それにあの舟はわたくしがヴィンコ親方から贈られたものだから、自分のものにする権利があると考える。

わたくしは神殿学校に行こうと思った。

その前にわたくしは父と母の若いころに会ってみようと思った。

ここが面白いところだが、時間を移動できるということは、神殿学校に行って時間移動艇を手に入れて、（その艇がうまく働くとして）時間移動艇に乗った以前の時に行ったとする。この経過を時間割に書くとしたら、時間移動艇が手に入っていない時が先になるという矛盾が生じる。これを矛盾ととらえるのは、時間は進む一方で、戻ったりはしないという常識に抵触するからだ。確かに時間を自由に行き来すれば、物語の順序はでたらめになってしまい収拾がつかなくなる。この場合時系列ではなく、自分が体験した順番で話を進めるのが望ましいと思われる。

世界全体の進行具合ではなく、一人称の時間経過である。

そう考えて、わたくしは行動した順番に書こうと思う。

まずはふたりの男女だ。バルフは有能で勤勉、向学心に富んでいる。才能と性格を認められ、信頼を得てカルタン神父の助手となった。フェリシテは女の子らしい女の子でタルボット家の女中をしている。バルフは親がはっきりしないのだが、大学町セプテントリオで働いているときにタルボットと知り合いになり、バルフの能力に気付いたタルボットは自ら親代わりとなることを望んだのだった。フェリシテはそこの女中だから、家に出入りするうちに親しくなるのは当然だ。

かくてお似合いの見栄えのよいふたりは会うたびに相手のことをより好きになっていった。わたくしはこのふたりに注目した。そして一頭立ての馬車でたびたびふたりの住まいのある村に行ったりした。話を聞くと（ヴィンコ親方の組が協力してくれた）ふたりは一緒になりたいという望みを持っていて、南西の暖かい国へスペリアで暮らす計画があるのだという。幸いフェリシテの雇い主であり、バルフの親代わりであるタルボット氏の家もへスペリアにある。暇があると出かけてふたりの様子を盗み見するうちに、わたくしはふたりを好きになった。ふたりの姿を見るのが、何とも楽しみになったのである。ちょうど、気に入った動物の行動、動作、それが親子ならその係わり方、そういったものを観察する際に似た逸楽を覚えるのであった。

さらにこのふたりはわたくしの両親であろう、という期待がある。

そうわたくしは過去に来て（行って？）両親の若い頃を喜んで観察しているのだ。こんな経験をした者はわたくし以外皆無であろう。このようなことを記述すれば、すでにわたくしが時を超える舟の入手に成功したとお思いだろうが、それについては以下に語ることにしたい。

時間移動艇、わたくしはこんな言葉を使ってしまったが、林絲游《りんしゆう》夫人が所有していた時間を超えられるという舟を探しに行くことから話を始めれば、また『ほとんど全てを見た者たち』の登場である。彼らの長《おさ》であるヴィンコ親方から得た話でわたくしは彼らとともに（この舟の性能を発揮するためには最大六名の漕ぎ手が必要とのこと）神殿学校に行くことにした。

しかし驚くべきことに、神殿学校はそのあったはずの場所には存在せず、代わりに真四角な石造りと思われる見たこともない建築物が建っているのだ。

これには一同驚愕した。ヴィンコ親方も驚いたらしく「これは神殿学校ではありませんね。ちょっと聞いてきましょう」と言い残しその不思議な建物の方面にひとりで歩いて行った。しばらくして親方は戻り「どうやら違うようです。神殿学校など知らないと言ってました。ではこれはなんなのか、と聞くと反逆者を監禁する場所らしいのです。牢屋みたいなものでしょうか。何かまずいですよ。あんなところに収納《いれ》られたらたまりませんよ。何もできません。捕まらないうちに退散した方が良いでしょう。場所は神殿学校の地下を通る川、ですね。神殿学校がなくなっても川はあるはずだ。ほらこの山道から外れて山肌を下れば川が流れているはずです。ここで止まっている訳はありませんからね」と言いながらも、親方は首をひねっていた。そして「気になることがあるので、王さまに会ったほうが善いだろう」と言い残して姿を消した。「私もゆこうか」と言い足したが、親方には聞こえなかったようだ。

話を戻そう。わたくしはバルフとフェリシテを身を隠して覗いていただけで、こちらに気付かれないように常に注意していた。もちろん、話しかけたりはしなかった。

しかし、ある時期からわたくしは大胆になった。何と話しかけたうえで、わたくしの軽快馬車《ハンサム》にふたりを乗せ雑談を交わしたこともある。わたくしは訪れた世界の住民に会ったり話したり、あるいは見られるだけでも、そんな可能性あるときは親方の勧告により道化師の派手な衣装を着ることにしていた。そうすれば、わたくしが出没した場所と時間がわかるし、緊急の場合『ほとんど全てを見た者たち』がかけつけることになっているが、どの人間がわたくしかを識別できるため、と説明された。

いい気になってわたくしはいろいろな場所に顔を出した。近時では『教皇庁の使者』の宝苓氏とクリス氏がカルタン神父の寝棺を携えて神殿学校近辺まで二台の馬車を連ねて来たときも、わたくしは道化師の衣装に身を包み棺の移動を手伝った。カルタン神父のご遺体はよくわからぬ小生物に食い荒らされて、見るも無残な状態であったが、その小生物のかたちが整ってくると、不思議なものでその食されたカルタン神父に類似した形態になってくるような気がする。これはこれで、この生命体の種の保存方法なのかと、見聞を広めた次第であった。恐ろしいことに、この生物は人語を解すのである。

そのことは『教皇庁の使者』に述べられているが、あれはあくまでも小説であるので、まあ、人語のように聞こえたということだろうと思っていた。しかし実際に聞いたときにはまさにそこに人が居るかと耳を疑うような音声、抑揚であった。彼は空に向かってこんなことを言っていた。

——私は祈る。祈りの島で生まれたから祈る。聖マンゴーのように祈る。邪悪なるこの世を少しでも変えるために祈る。この祈りが叶えられんことを切に祈る。主よ。あなたがどこにおられようとも——そう、わたくしには聞こえた。

本当にこんなことを、形もはっきりしない侏儒が、高く良く通る声で唱えるものだろうか。

侏儒の訴えは、神である山や谷、川、流れる水、大気、熱、煙、靄《もや》。数え切れないそれらの、すべてのものの集合体、『神』に届いたのか、谷底の川の流れが気の所為か、水かさを増したようだ。

流れを遡って、カタマイトから変化した魚たちが登って来た、小さなものから、大きなものまで、最後に来たものは鯨に似た巨大なカタマイトになった魚だ、ハピという名前であることが、カタマイトの祈りがわかったように、わたくしにはわかった。

わたくしにもカタマイトが取りついているのか、と身体を触ってみたが、いまのところ、そうではないようだ。

日が沈み、暗くなった川のなかで、ハピの青黒い背面の鋼鉄色の皮膚が金属のように光っている。その光でハピが病院船を鼻先で押しているのが見える。その並びにも二、三頭の別のハピが見える。彼らは協力して、病院船を押しているらしい。

わたくしは唯見ていた。病院船が川を遡り高みに達し、神殿学校に衝突するのを。

病院船の切先が神殿学校の側面の石積みの壁に当たり、そのまま跳ね返されるとハピたちは一旦戻り、力を溜め勢いよくふたたびぶつかってきた。それを繰り返すうちに、石積みの壁はひび割れが入り、何回目かの追突でついに崩壊した。

病院船は追突の衝撃で神殿学校の建物の下に潜り込んだが、そこで力を蓄えたように、神殿学校を持ち上げふたたび浮上した。

わたくしはそれまで大きな造作物の戦いのようにそれを見ていた。

しかし、病院船が神殿学校を破壊し、その亀裂に進入し位置を交換したとき、人間が空中に飛ばされその後落ちてくる光景を目撃した。人間の数は数人だと思われるが、遠くから見ているとまるでいくつかの豆人形が吹き飛ばされ頭と体が分離してばらばらになって落ちてくる光景のように見える。いわゆる迫真性、現実感がないのだ。

これは恐ろしいことだ。自分が吹き飛ばされる豆人形と同じ大きさで、あそこに居たとしたら、こう思っては見られないだろう。

祈っていたカタマイトに視線を移すと、もう祈りはやめて平穏な様子だった。

あれだけ流暢に言葉が話せるのなら自分と会話ができると思ったが、どうも乗り気になれないので話しかけはしなかった。

向こうの山の神殿学校の無残な光景は一変していた。

まるで追突した病院船があらかじめこの状態を想定して造られたように、神殿学校の外郭とぴたりと嵌まってしまったのだ。

新しい建物、神はこの状態をあらかじめ作っておいて、それを解体し、また今、元に戻したのだ。

しばらくすると、カタマイトはこちらに向かってよちよちと歩いてきた。

顔を真剣に見つめ、視線を逸《そ》らさない。身長は子供同様だが、顔や肌の衰え具合は老人だ。

子供に話しかけるようではなく、成人した大人に話しかけるように言葉や態度を吟味しないと失礼になってしまう。それにこのカタマイトは祈りの言葉を立派に詠じた。内容はやはりカルタンから変わっていないのだろう。

しかし、このカタマイト・カルタンはわたくしを知らないためか、よそよそしい態度をとっているが、こちらにはいろいろ聞いてみたいことがある。少しずつ打ち解けてこの珍しい体験の持ち主と接してみよう。

カタマイト・カルタンは、わたくしのごく近くまで来ると、わたくしを見上げ右腕を腰に回し左腕は背中に回し、深々と頭を下げた。

「初めてお目にかかります。わたくしまだ新しい身体が万全ではございません。あなたさまとはお近づきになれますことは光栄でありますが、なにしろこのようにお話しできる時間も今のところは限られております。短時間でありますが、基本的なことをお話しして、しばらく休ませていただきます。通常の状態まで回復いたしましたら、親しくお付き合いできるのではないかと愚考いたす次第でございます」そう言い終わると彼は元居た寝棺にもどり「お願いします」と眠そうな声で叫んだ。

わたくしは棺の蓋のことだと察し（我ながら気が利く？）誰が掃除をしたかは定かではない

が、きれいになった棺にカタマイト・カルタンが身を横たえるのを確認すると、蓋を慎重に棺に重ね合わせた。

神殿学校のあった方面に視線を移すと、神殿学校と合体した巨大船の周囲でまだハピが数頭残って後片づけをしている。人間の秩序、カタマイトの秩序それぞれの違いを考えた。

ふたり居ればふたつの方法、考え方があるのが人間である。それを自由が多い、と考えるべきか、正しい答えがないと考えるべきか。

九、病院船

追跡してくる兵士集団の接近を思い煩っていた宝苓《ほうれい》とクリスは、突然の破壊的衝撃に、何かを考えることや、心配することが不可能な、恐怖のみに目を覆われそれだけで能力の全てを使い尽くされた状態に陥った。

突然、神殿学校の床が切り裂かれ、船の帆柱のような物が現れた。さらにそれが床を破壊して上昇してきた。

勿論、神殿学校は大きく上下に揺れ、人々は天井にぶつかり、床を転がり、割れた壁から外に放り出された。

宝苓とクリスとは、（ああ神のご加護か）傷を負わず下から突き上げてきた病院船の甲板に取り付けられていた帆布で覆われた救命艇に体を攫《さら》われるように拾われた。まさに救命艇である。

年老いたふたりは、いつぞやのように抱きあっていた。

互いに固く結んでいた目蓋を開けると、それぞれの瞳を見て無事を確認した。

しかし困難はこんなことでは終了しない。神殿学校の東西の建物に挟まれて病院船が浮上した。もともと病院船は船自体が真四角な丈高い曲線のない建築物で、それが神殿学校の両側の建物の間に隙間を埋めるようにぴたりとまるで元は一体の部品であるかのように組み合わさった。

それを遠目で見るのと、部品に自分が乗って動きを体験するのとでは、大違いであった。いつ転落してもおかしくないような状況で、それでもクリスは身体を動かすことが身に付いているので、宝苓を助けることもできた。ありがたいことに激しい動きは突然に終了した。見回すと新しい建築物ができていた。体を動かしてみると、意外とがっちり固定されている。ふたりは病院船の甲板に出て、変わった眺めを見たり、足を踏みしめてみたり、壁を触ってみたりした。

心掛かりだった教皇軍と思われる兵士は見当たらなかった。この衝撃でどこかに吹き飛ばされてしまったのだろう。

「これからどうしましょうか?」宝苓はクリスに話しかけた。「とんだことになった、などとは言うまいと思っていましたが……」

それを聞いていたクリスは微笑みを浮かべながら「とんだことになりましたね」と言い、宝苓の苦笑《にがわら》いを誘った。

クリスは今は無くなってしまった、神殿学校、それから不当にも長い間幽閉された病院船の両方と関係の深い体験をしたと言えるだろう。「これはわたくしの過去はもう必要ないのだ、という天の宣言なのかもしれません。そうでなくとも、わかっております。長生きし過ぎたと嘆いていたことはご存じと思います。ここまではっきりと目の前で示されても、快く死ぬことができない悩みがあります。死自体は構わないのですが、そこに至る過程、その後が恐ろしく不快に思われます」

宝苓は笑いながらこんなことを言った。

「もし、だよ。わたしが苦しくなく楽に眠るように死ぬことができる薬を持っていて、あなたにあげると言ったら、それをもらって素直に飲むかなあ?」

「どうでしょうね。もらうことは、ありがたくいただくと思いますが、いざ実行に移すことができるか……、ああそこに、宝苓さんの薬がある。困ったらあれさえ飲めばすべてはお仕舞いになるのだ、と安心できるでしょうが、問題なのはやはり口に持ってゆくときです。飲み込むときです」

「生き物だけではなく、作られたものでも、その姿形、さらには存在意義を維持しようという力が備わっているそうだよ。誰かが言っていた。ともかく今はここから出て帰ろう。それとは別にいつでも相談に応ずるよ」

それは死の問題、薬の問題となる。年齢《とし》をとれば誰でも心配し始めることだ。苦痛なく訪れる突然の死。――朝起きてこないと思ったら亡くなっていた。

そんなことを誰しも望んでいるのだ。

宝苓はクリスに頼まれた場合を考えてみる。

――宝苓さん。わたくしが眠っているとき、その薬を唇の間から二三滴垂らしてくれませんか?

宝苓は承服しない。それはクリスの命を大切に思っているからではない。死にたい者は死ねばよい。それは個人で決めることだ。自分に繋がりを持たせないで欲しい。

クリスはその答えを聞いていないのに、まるで知っているように「わかりました。宝苓さんらしいと思います」と言った。「わたくしにも幸せが来るかもしれません。長く生きる幸せ。年老いて醜くなって、一人で動くこともままならない終末の人間になって幸せを享受するのです。それは目を覚まさないことです。わたくしは……嘘のように年老いたわたくしはある日眠りに就いて、ずっと目を覚まさず眠っています。眠っていて夢を見ます。見続けます。体を動かすことは、多分もうできなくなっているのでしょう。ただ眠っています。そして夢を見続けます。すべてが夢です。

そこに宝苓さんが出てくるかもしれません……いや出てくるに違いありません。それからカルタン神父、神父は出てこなければなりません。わたくしを助け出した人ですよ。カルタン神父が居なかったら、わたくしは今でも神殿学校でつらい思いをしていたのでしょう。時々考えるのですが、神殿学校から助けてくれたカルタン師はなぜ病院船からは助けてくれなかったのでしょうか。あの船は立派な神父など乗せない決まりになっていて、きっとカルタン師はわたくしを助け出したくても、船に乗り込めなかったのでしょう。

——申し訳ありません。神父さまは乗船できません。この船に乗れるのは病人だけですよ。するとと神父さまは〈私はまさに病人ですぞ。病気に罹患《かか》ってないと、病人は治せんということをご存じないか？〉なぞと言い返すでしょう」

宝苓はクリスがこういうことを言うのは、いささか聞きづらいが、クリスの心にとっては良いことだと思っていた。カルタン師の話が出たところで、カタマイトに襲われた彼はどうなったのか、寝棺は閉ざされたままでよかったのか、心配になった。

そのようなこともあったので、宝苓はここを出られるものなら出て、馬車のある道まで戻り、そこで一休みしながら、カルタンの状況も診て、方針を決めなければならないと思った。もちろん襲ってきた教皇軍の動向も行動を決めるのに重大な要素となるだろう。

クリスに助けられながら、宝苓は病院船の船尾まで移動し、そこから船内に入り非常口のようなところを通って船外に出られたが、そこは神殿学校の破壊された中央通路だった。

疲労を感じ始めた宝苓と記憶にある場所にたどり着いた安心を手に入れたクリスとは顔を見合わせ、捲れ上がった床材を椅子代わりに腰をおろした。

「これからどうしようか」先に口を開いたのは宝苓だった。「幸運を願っているが、こんなとき悪い方、悪い方と考えてしまうのは、最悪の事態を先に考え、それを避けるためなのだろうが、どうも私は常に悪い方を思ってしまう傾向があるようだ。悲観論者ではないつもりだが」

「わたくしも同じようです」クリスが苦笑気味に言った。「子どものころは、素直に将来の楽しみだったような事柄が、歳を取るとともに、そのようなことで喜ぶのは幼稚だ、と思うように変わってしまった記憶があります。だから、そういう約束された報酬を喜ぶことが、精神の未熟さを現しているように感じていました。

そうなったのは、物心がついてある期間を経てからのころからだと思います。それより前は自分と誰かとを比べることはありませんでした。他者の感情を批判するなんて、今考えれば傲慢なことです。そう、わたくしは傲慢な人間でしたし、今でも多分そうだと思っています」

このようにクリスは言った。

宝苓は永い付き合いのクリスを今日はじめてわかったような気がした。クリスは他人によって、人生を左右された人間だ。自分では望みを持っていたが、その方法もわからず、どのように、それに近づいて行けばいいのか教えてくれる人もいなかった。

ただ晩年になってからは、少しは思っていたものに近い生活が叶えられたのではないか、と思った。それに自分が大きく関わった気持ちはないが、自分が知りあってから、彼は大きく変わったのかもしれない――彼にとって良い方に。そう宝苓は思いたかった。何年か経った今でも、鶯家の庭で行われた興行の夜はよく覚えている。あの夜、馬車の荷が異様な舞台になる、異様な人間の演じる異様なひとり芝居を初めて観たのだった。そして、これは初めてではないが、桃英《とうえい》との官能の一夜もあの夜から、より深い段階に入ったと思っている。

ふたりは元は神殿学校であった建物の、病院船が進入した痕跡を眺めていた。船はハピに誘導されてこの床を破ってここに進入し、学校と一体になったのだ。なぜこんなことが起こったのだろうか？　これは誰かの意思が反映しているのか、あるいはさまざまな意思の融合の結果がもたらしたことなのだろうか。

クリスが学校の入り口方面を指さして「兵隊だ」と言った。「どうしよう。逃げられない」

宝苓もそれを見た。まだ遠くなので細かいところは明瞭ではないが、同じような服を着た数人の背の高い兵士がこちらに向かって歩いて来る。顔が判別できるくらいの距離まで近づくと、なかのひとりが残りの者に武器（槍、弓）を渡し、頭に巻いていた白布を解き、両手で高く掲げ、ゆっくり歩いてくる。

「あれは降伏の合図じゃありませんか」クリスが宝苓に言った。

「降伏というより、話し合いをしようということだろう。戦いは休止にして」

兵士は白布をゆっくりと振りながら、近づいてきた。顔を見ると笑みを浮かべている。

宝苓とクリスは思わず立ち上がって、姿勢をただした。

兵士は低い声で「私は槍騎兵、ヨナスと呼んでくれたまえ」と言った。「あなたがたを昨日見た。弓を射たのは私だ。しかし、今日は戦わない。私たちと教皇庁との関係が変わったのだ。私たちは教皇庁から依頼を受けた傭兵なのだ。昨夜伝令が来る予定だったのだが、来なかった。教皇庁の司令部と連絡が取れないようだ。あなた方がまさに椅子代わりにしているこの床の起伏は何が原因でできたのか、ご存じだろう。そう、侏儒に食われた動物や人間が説明できない行動をしているのだ。ここでこんなことがあった。教皇庁でも何かがあったらしい」

そして、こう言葉をつないだ。

「ここで祈りを捧げることを赦してくれ」

ヨナスは跪《ひざまず》き、宝苓の方を向いて祈りの言葉を唱え始めた。それが、神の示す方向なのか、そうではなくても、宝苓に尻を向ける無礼を避けたのかそれはわからない。

わが魂は黙《もだ》してただ神を待つ
わが救いは神よりいずるなり
神こそはわが巌《いわお》、わが救いなれ

宝苓はさすがに上に立つ役職の経験があるので、落ち着いて話を聞き、祈りのときも、一緒に祈りはしなかったが、手を合わせ、目を閉じヨナスの声に耳を傾けた。祈りが終わると自分の番だと判断し話はじめた。

「私は宝苓、この男はクリスという。燕邑《えんゆう》というオリエントの町から来た。このクリスは神殿学校に在籍していたことがあり、ここに記憶を確かめるためにやってきたのだ。しかし昨日はあなたの矢の攻撃に驚き（幸いけが人はなかったが）、今日は神殿学校が巨大な船によって破壊された（宝苓は床を示した）。鯨に似た大きな水棲動物が数匹関係しているように思われる。実際に目撃した者も居る。私たちは何も知識は持っていない。クリスは神殿学校に行っていたが、教皇庁に行ったことはない。セウェルス教会の主祭であるカルタン神父がクリスを引き取ったのだが、その神父が、あなたがおっしゃった人間や動物を食う侏儒に食われたようだ。われわれの馬車に寝棺がある。これらのことは私たちにとって予想外の異常事態で、何をしたら良いのか、どこかに行くべきところがあるのか、それもわからなくとても困惑している」

ヨナスは真剣に聞いていた。そして考え考え、こう言った。

「あなた方の経過、現状はよくわかった。私が弓を使ったのは、こちらに来るなという警告の意味だったが、今は反省している。実は神殿学校に攻撃があるかもしれないという情報があったのだ。先ほど申し上げたがわれわれは教皇庁の依頼を受けて暴力的な仕事をしている。時々、私が教皇庁に行くこともある。あそこには独特の雰囲気がある。それは神々しさの逆のものだ。私のような無名の地位もない者が建物に入っていくと、そこにいる教皇庁の人々は今来たのは何者か、何をしに来たのか、非常に気になるようだ。そう、教皇あるいは教皇の側近が決めたこと以外は無関心でいようとする。そして古くから決まっている習慣のようなもの、報告を伝える順番とか、今では全く意味のないようなものに変に執着している。それを守らないと自分が教皇庁の秩序から落ちこぼれてしまったように感じるらしい。だから意味を考えもしないで、言い伝えを守ることが自分を守ることだと思い込んでいるのだ。本当は信じていないということが露見しないように（そんなことは実は誰も信じていないのだが）大げさにそのことを大事に考えているふりをしたりする。ずっとこんなところが、あそこの奇妙なところだ」

ヨナスは続けた。「話がずれてしまったが、何となく普段から気になっていたことだよ」

宝荼は微笑みながら話を引き取った。

「いまおっしゃったこと、重要だと思います。教皇庁だけでなく、古い組織はそういうことがありがちだと思います。誰が考えたかわからないことを、頑なに守って、それが組織を守っていることだと勘違いしている。そして、そうしないと組織から見捨てられると思い込んで、戯画的と言っていいほど、信じてもいないしきたりの徹底に気を配ったり、他人に守らせようとする。こういう行為のからくりがわかってしまっても、彼らは自由になれないのでしょうね」

クリスは話したそうにしていた。彼は実はこういう人々の集まりなどでのそれぞれの集団の違いに興味を持っていた。神殿学校では学生の友達はいなかった。教師たちはクリスの敵だった。例の旅回り劇団は何と言っても、座長のヴィンコ親方の権力が絶大で、団員は親方の手足だった。しかし一番年下で容姿の優れたクリスは親方に可愛がられ、つらい思いをしたことはなかった。団員もそれに嫉妬することなくクリスに丁寧につきあってくれた。

カルタン神父。彼のことは一時は思い出したくなかったが、燕邑の小さな教会の主祭になり、島の占い師の息子を助祭としたと聞いたことをきっかけに、思い出してみると嫌な気持ちがなくなった自分に驚きもした。しかもそのおもちゃのような教会は、クリスの下宿からそう遠くではないのだった。

これ、まさに見上げればそこにある病院船での長い年月は忘れたつもりになっていたが、時々断片的に思い出す場面があってクリスを苦しめた。

「今うかがったお話、古い組織の話、わたくしも不思議に思っていても説明のできなかった事柄です。これで身体が解放されたような気持ちになりました」

「クリスさんは何だか大変な目にあわれたとのことですね。それは私の胸にしまっておいて、これからの話をいたしましょう」ヨナスは明らかに軍隊の経験がなさそうなクリスとは話は難しいと思った。

「私たちは短時間で仲良くできましたから、もう敵ではありません。互いに目を見ればわかります。この場所——何という場所でしょう——から退去できれば、われわれの馬車まで遠くありません。一緒にこの場所から去りましょう。何かまだ危険が残っている気がします」

ヨナスは後方で待機していた部下の円陣に加わり、しきりに話をしていた。

結局、宝苓とクリスは、山の途中まで教皇庁の馬車で降り、そこから歩いて本来の自分たちの馬車に乗り換えることにした。それが無事残っていればの話だが。

十、夕映え

シグルは剝製屋にカルタンのからだを持っていってから気分が優れなかった。

――あれで良かったのか、という悩みに苛《さいな》まれた。もちろん良いはずはない。カルタン神父の信奉する宗教から観るとまったく逆の許されない行為をおこなってしまった気がする。まさに神の力ではなく悪魔の力によって新しい生命を得たのだ。それがどんな生き物なのか、直視するのが怖くてシグルは剝製屋に行けないでいる。

しかし、カルタンの弟子であったが、思わぬ運命のいたずらでカルタンと別れてしまっていたクリスという人がいたのだった。シグルはこの男を探し出し、カルタンに会わせた。ごまかしのような手段も使ったが、これで本来の世話をする人間ができたのだ、という安心もあった。

こういう神が絡んだ世界はシグルもやらされていた。しかし神は背景に隠れ、天にもいない。いや背景の書き割りを取り払っても神は出てこないだろう。ところがカルタンが司っている教えは神の絵まで存在するのだ。人間に姿を変えた神は愚かな人間の嬲《なぶ》り殺しに合い、シグルには判らないが、そのことによって人々は神をより愛するようになったらしい。可哀想だから？　シグルには判らない。

しかしカルタン神父もその弟子のクリスも立派な人たちだった。人間としての品格と格式があった。世が世なら、自分もあのような人たちと自然に付き合っていたかも知れないと思うこともあった。

シグルはこんな島で生まれさえしなければ、もう少しまともな人間になれたかもしれないと思っていた。この島は閉ざされた場所だから、目新しい人も来ないし、新しい品物も来はしない。うんざりするような嫌な人間ばかりだ。だがひとりだけ、シグルが気に入った人間がいる。物心つくころから、この島にいてシグルの世話をしながら、勉強も教えているサラムという教皇庁から来た女がそれだった。さすがに教皇庁から来ただけあって他の使用人とは違う、というのが皆の共通認識だった。話し方、飲食の仕草、立ち居振る舞いだけでも洗練された身のこなしが見られた。

シグルもこういう女性にふさわしい男になりたいと思っていた。サラムの話し方から使う単語をまねしたり、好みを似せようとした。自分がサラムのまねをしているとあからさまにわかっても、それを誇りとした。

サラムが居た生活のなかで、最も重要なのは、誰もが想像するであろう、性的な関係である。身近にいる使用人が最初の相手であり、いろいろなことを教わる、というのはよく聞くことである。シグルは行為には喜悦を感じたが、だからこそそれに執着することを恐れた。そして自分をこの女この土地に縛りつけようとする意図が家族、特に祖父母にあることは疑問の余地はなく、かれらの立場としては尤もなことだろうと考えた。

シグルはそのうちひとりでの外出をゆるされるようになった。この島では何か必要なものがあると、本土に渡って燕邑《えんゆう》で手に入れることが多かった。燕邑への便は比較的多かったが、金さえ払えば船頭に頼み個人的に渡ることも頻繁に行われていた。

島からの渡航者はこのように買い物や食事を燕邑での主たる目的としていたが、ごく頻繁に通う男がいると、彼の目的は〈酒と女〉だと噂され蔑みの対象とされた。

もちろん島からではなく、燕邑に住んでいる者も歓楽街に行く。ただ、こういった場所は通常、町の中心にはなく、外れにあった。徒歩で行けるが、人に知られたくない者は波止場で流しの小舟を捕まえ、身を隠して行くこともよく行われていた。

シグルもサラムとの体験でいっぱしの大人のつもりで、燕邑の歓楽街に行ってみた。初めは極端に緊張してうまく対応ができず、どうしていいのか判らない場面が続いた。しかし、相手にはシグルが初心者であることは明白であり、態度や服装で上流の子弟とわかり、丁寧に恥をかかさぬよう気をつかった。

その結果、商売側は良いお客と認定し、シグルも良いお客らしい振るまいを覚えていった。

シグルの遊びを父であるキギスが知ったのはしばらくしてからである。

キギスはふたりだけになると、口元をほぐしてこう言った。

「ああいうことは金のためにやっているのだ。金をもらう側が心配なのは何だと思う？」

「お金が偽物なことですか」

「まあそれもあるが、それは基本的、初歩的なことだ。彼らはこの関係が平穏にずっと続くことを期待している。もめ事がなく、両者とも満足で続けてゆくことだ。さらにおまえが何者であるかを知るとより安心するだろう。急に借金をつくって何かと不如意になったりしない人間を相手にしていると知れば大きな安心が得られる。その結果、おまえをさらに大事にするだろう」

シグルは叱られると思ったが、そうではなかった。次に悪所通いのつまらない哲学を気取った作法を説かれるかと思ったがそうではなかった。父のキギスは父のキギスだった。

祖父が関与していることは確実なカタマイトのカルタン神父捕食事件もだんだんとシグルの脳裏から消えていった。あのころは肉体や精神の快楽、しかも神経を麻痺させての快楽に浸り過ぎ、いい加減辟易していた頃、偶然（果たしてそうなのか？）カルタン神父に教会の場所を尋ねられたのが、関与の始まりだった。幾度となく思考の反芻を行ったが、シグルは自分があれを阻止できなかったのは、仕方がないと固く信じるか、考えないことにした。

カルタン神父との初めての出会いのときは、嫌々ながら快楽に溺れる生活はやめよう、神父が助けてくれる、と思っていたが、そうとも行かず後片づけに翻弄されてしまった。どうにか片が付いて、正しい弟子のクリスが友人を連れてきて自分は静かにそこから離れることがゆるされた。

クリスは友人とどこかに行くらしく、うやうやしくカルタン神父の棺を運び大型馬車二台であの小さな教会を出て行ったという話も聞いた。

シグルはこれ以降その事は考えず、もしカルタン神父が生きていて、自分がその弟子を務めていたら、と空想してみたりした。果たして敬虔な信仰者になれるかどうか、とても疑問であるが、意外とできるかもしれない。そして、歓楽街へ行くことも止して、祈りの生活に専念して特殊な環境の自分の記録のようなものを物《もの》しても面白いかもしれない。と思うこともあった。

そういえばこの島は聖マンゴーという人物の聖地で彼が祈りの力で悪魔を退けたという話で有名だ。

ただその話は事実を歪めていて、悪魔と聖マンゴーとは同一人物である。という話も聞いたことがある。

夕暮れに近くなり、シグルは歓楽街の方に行ってみようと思った。固い決意で二度と行くまいとは思いはしないが、少し控えめにした方がたまに行った時の楽しさが増えるだろう。

船着場で舟を使った。歓楽街は「こうえい」と呼び習わされている。字で書くと公英、好永、もあるが、光栄《こうえい》というのが正しいようだ。

波止場からそこまでは、一眠りしたら行きすぎてしまうほどに近い。こちらの船着場は大《おお》松明《たいまつ》が左右に鎮座して客の行き来を見ている。

店側は舟が着くと客を確かめて、その夜の混み具合によって、あるいは客の要望に応えるよう、案内する店を差配する。なじみ客と慣れてない客との差異がここで生じる。シグルは一度父と来たことがあり、それによって、素性がはっきりし、良い待遇を手に入れたが、こういうときこそ腰を低くして接することが大切だと言われた。

舟が着くと奥から周りから店の客係が現れ、抱き付かんばかりに陸に上がった客に接し、大きな声で久しぶりの訪問を責めたり、訪問の回数を指折り数え、大袈裟に感謝の言葉を述べたりする。

シグルがそのような扱いを受けているとき、今降りた舟に案内され、乗り込もうとしているふたり連れがあった。その片方の男はクリスだった。

シグルは声を掛けようか、掛けまいかと迷ったが、接待者の愛想に応えているうちに、舟は出発してしまった。シグルが振り返って本当にクリスかどうか確かめようとするが、「お知り合いで？」という声に気を取られて確認はできなかった。しかし特徴のある歩き方からクリスに間違いないと思った。それにしてもこんな場所に来るのは、まったくクリスにふさわしくない、と訝った。一緒に居た男は宝苓《ほうれい》だろうか、するとふたりはどこからか無事帰ってきたことになる。カルタンの処理を済ませて？

波止場の喧騒から離れて、シグルは中央の館の小さめの部屋に案内された。そこにはシグルの知っている女たちが集まっていて、口々に久しぶりの挨拶をするのだった。

ひとしきりそれが済むと、年長の女が「あなたにお話があるそうよ」と細い扉を開けた。女たちは気を利かせ退室し、細い扉から「シグルさま、失礼いたします」という声ののち現れたのはサラムだった。

サラムは近づくと片手で背中を抱き、耳元で囁いた。

「驚かないでくださいませ。教皇庁が破壊され、教皇さまは脱出なさり、無事という報告が入っています。同じころ、神殿学校に病院船が衝突し、一体化したという目撃証言もあるそうです。教皇さまは現在祈りの島《インスラ》に移動したそうです」

シグルは驚くより、何が起こったのか、かりそめにも理解するのに時間を要した。しかし事件の意味が判らなかった。

「何が起こっているのだ？　叛乱か、革命か」

「わかりません。異変です」


〈こうえい〉から小舟に乗ったクリスと宝苓は無言のまま舟の揺れに身をまかせていた。

馴染みのない歓楽街まで来たのは宝苓に鶯梅殊《おうばいじゅ》からの呼び出しがあったからだ。

内容は驚愕すべきものであったが、神殿学校と病院船のことを見ているふたりはさほど驚かなかった。

——あんなことが起こるのなら、なんだって起こり得る。

そんな心境であった。

宝苓は教皇が島に逃げたという驚の話を疑っていた。それ以前に教皇庁（建物）が現在どんな具合になっているのか判らず、口吻だけでは聞いた者の解釈、反応でどうにでも変わるので見てみないと判らないことは前提だ。神殿学校では、おそらくカタマイトが首謀、原因と深く関わっていると言えよう。そしてほとんど同時に教皇庁でも破壊が起こったということは、彼らの人間への反逆が始まったということなのか。

「カタマイトはまず教皇庁を潰そうとしている。こんな仮説が成り立つのだろうか？」

宝苓はクリスに聞いてみた。

「ありそうですね」クリスの答えだ。「もし教皇が危険を感じて逃げたのなら、ひょっとして教皇とカタマイトとの間に何か以前から問題が生じていたのかもしれません。そこまで言語が通じるかどうかはとても疑問ですが。伝達の手段として、言語だけではなく意識の連絡のようなものがあるかもしれませんね」

宝苓はそういうことが出来る人間が彼らを動かしている可能性もある。と思った。しかしながら、すべてが何となく図式的だ。これがこういうふうに働いて、結果こうなる、という論理はあまり好きではなかった。論理で解決できない、説明できない、ことこそ宝苓の関心を引くことだった。

「カルタンさんはどうなったでしょうね」とクリスが思い出して言った。「カタマイトに食べられてしまったかなあ。カタマイトは食べたものを乗っ取って支配するのでしょ。もうカルタン師はわたくしを見てもわからないかなあ」

クリスの口にした純真な思いは、宝苓を少し憐れみの情に誘った。

父も母も知らないクリスの唯一の親。神殿学校から救い出してくれた恩人。その行く末が、哀れを誘う見るも醜い怪物の侏儒だとは、神の意図に応じるような力はクリスにはもう有りそうにない、と宝苓は思った。

小舟がまだ賑わっている燕邑《えんゆう》の波止場に着くと、宝令はクリスに「下宿に帰って静かななかで休んだ方が良いでしょう。私もご一緒いたしましょう」と言い、クリスも頷いた。

クリスの下宿までの道、シグルがカルタンの遺体を持ち込んだ剝製屋があった。そういえば一緒にこの道を通ったとき、シグルは異常なほど剝製に興味を持っているような様子を見せた。それから、この二階には操り人形使いが下宿している。文房具屋の二階に文を物するクリスが住んでいる。この比喩のような現実を面白いと宝苓は思った。

文房具屋の階段を登り慣れたクリスの部屋に入りしばらくすると、文具屋の娘がお茶を運んできた。宝苓は銀貨を奮発した。ふたりとも心底疲れていた。そして互いの無事を口には出さなかったが喜んでいた。

一つしかない窓は海とそれに沿って続く道を見せていた。水平線のあたり、赤く鍛冶屋の灰の中の種火のように太陽が沈みつつある。そのまさに燃える赤色が周囲《あたり》を染めていた。火は一つであっても、なべてのものに行き渡り、あまねく輝かせる。

跋——〈シルバリン〉の最後の手記

ここでわたくしは時間の流れにそった記述をやめなければならない。と言うのはわたくしが時間を移動できるようになったからだ。

しかし、それは〈自由に〉ではない。思った〈時間〉に行けるときもあるが、行けないときもある。

自分の意志ではなく、何かあるいは誰かの都合によって移動してしまう、と言うのが正しい言い方だろう。

移動が可能になったのは、神殿学校の向かいの山でカタマイト・カルタンと長い時間一緒にいて（彼は棺のなかから会話ができた）、言語ではなく、思考で会話を交わしてからだ。それまでは、林絲游《りんしゆう》の『時を超える舟』が文字通り時を超える作用を持っていると思っていたが、そうではない。あれは〈そんな気分〉にさせるだけのものであった。

わたくしはカタマイト・カルタンとの無言の会話を続け、さまざまなカタマイトでなければ知り得ない知識を得た。時間を自由に行き来する方法。その前に現在われわれが生きていると思っている場所のからくり、そんな大事な世界の認識方法を教わった。

カタマイト・カルタンとの声のない会話でわたくしはこの世界の構造を考え直すことになった。この世界はそれまでわたくしが疑問なく思っていたものと異なっていた。わたくしの周囲にあるものは、わたくしと無関係にあるのではなく、わたくしがそう認識しているものに過ぎないのだ。

わたくしの意識の注目次第で、わたくしは時空を移動できるのだ。移動した世界は、最初はまだぼんやりと見え感じるだけで、確実ではないような認識しかない。しかし短時間でそれは実在性を増し、確かなものに成って行く。

ある日、日々が積み重なるのか、流れてゆくのか、判断がつかなくなったわたくしに呼び出しがかかった。それはカタマイト・カルタンだと思っていたが、そうではなかった。青色会《カエルラ》の機構を利用してセプテントリオの遥か北方にある教皇庁に飛んだわたくしを迎えてくれたのは、鶯氏を伴った教皇であった。

教皇はこんなことをおっしゃった。

「私はやはり、この役目には合っていない。退場を切望している幼児のような心を認めて欲しい。力を持っている者、良い考えを持っている者、そのような秀でた者たちが集まり、新しい世界を創ってほしいのだ」

そこは教皇庁の白大理石の宮殿、外は雪が降っていた。窓から眺めると周囲のたおやかな野原は雪で真っ白になって寝転んだらさぞ気持ちが良さそうな羽布団のように見えた。

そして、手を振る人が居たので、こちらからも手を振った。

それは『ほとんど全てを見た者たち』のヴィンコ親方だった。もちろん、残りの団員、三人も集まっていて、こちらに気が付き、やはり手を振り始めた。

雪のなかで手を振る四人。しばらく見ていると、彼らは正体を現し始めた。ヴィンコ親方は大きなたぬきである。他の団員は白うさぎ、縞馬とバク。彼らの本性は動物なのだ。

——動物なら仕方がない。

わたくしは彼らの良いところと悪いところを考えそう思った。

ヴィンコ親方だった狸は棒で積もった雪に何かを書いていた。

それを見ていたとき、室内に人の気配がするので振り返ると、多くの人が集まっていた。異界から来たレークス王も居る、この世の論理で動かないことが王の条件。そしてダミアン・チェンバレン、リチャード・タルボット、俗世の愛すべき習慣を尊重する者たち、おまえたちこそ新しい世界をつくる者たちだ。

わたくしの母フェリシテが愛する人形を埋めた人形の墓場から新しい人間がつぎつぎと誕生する。

おそらく、若いころの両親を身近で見て、短いながら言葉を交わした人間はわたくしが初めてではないだろうか。道化師の衣装を着て、年下にしか見えない親に会う、どうかしているとしか思えない。

これが〈病院船で見つかった手記〉と言われても人々は納得するだろう。

宝苓《ほうれい》とクリスにも会ってみたかったが、そもそも顔形も知らないので不可能なことだった。

どうやら、わたくしの関与できる世界とできない世界があるようだ。

こんどカタマイト・カルタンに会ったらそのあたりを訊いてみよう。

部屋が静かになった。見なくても人々が居なくなったのがわかった。

窓から地上を覗くとあの四人組も見えなくなっていた。

ただ、先ほどヴィンコ親方であるたぬきが雪の上に書いた文字だけが残っていた。

それはこう読めた。

VALE（さようなら）

祈《いの》りの島《しま》

二〇二三年六月一二日初版第一刷印刷
二〇二三年六月二〇日初版第一刷発行

著　者　服部《はっとり》独美《ひとみ》
発行者　佐藤今朝夫
発行所　株式会社国書刊行会
東京都板橋区志村一—一三—一五
電話〇三（五九七〇）七四二一
https://www.kokusho.co.jp
印　刷　創栄図書印刷株式会社
製　本　株式会社ブックアート
装　丁　長田年伸
ISBN 978-4-336-07536-9